大活字本シリーズ

明野照葉

家族トランプ《上》

埼玉福祉会

家族トランプ　上

装幀　関根利雄

目次

第一章

1

再来年《さらいねん》のニチカコーポレーション東京営業所の品川《しながわ》移転が、どうやら本決まりになったらしい。千代田区のお茶の水から、品川への移転だ。移転先の詳しい所在地まではまだわからない。ただ、品川駅港南《こうなん》口《ぐち》のビル内だとは聞いている。

(再来年って言ったって、もしも噂《うわさ》通り年明けか春の移転だとすると、二年切ってる。下手をすれば一年半後？ ……もうあっという間じゃ

ない）

窓子《まどこ》は、内心溜息《ためいき》をつく思いだった。いや、顔の上の表情はいつも通りに凪《な》いでいたが、心の内では実際に、湿った溜息を漏らしていた。品川、汐留《しおどめ》、六本木、丸の内、それに豊洲《とよす》……ここ数年で二度目だか三度目だかの再開発が劇的に進んだ東京の街は、はっきり言ってちょっと異常だ。どこもかしこも、まるで未来都市みたいに超近代化されて、みんな同じような澄ました顔を見せている。ターミナル駅ともなれば、もはや駅自体がひとつの商業コンプレックスだ。デパート並みに食料品の買い物もできれば、子供も預けられる。おまけに歯医者にまで通えたりする。

交通網もまさしく網目のように入り組んで、ＪＲも私鉄も東京メトロも、たいがいどこかの駅で乗り入れをしている。だから、スイカ一枚あればどこにでも行ける。車輌《しゃりょう》にしても同様で、各線の五、六割近くが、新車輌になったのではないだろうか。

通勤時間帯の山の手線の電車に乗り合わせた時は驚いた。ひと車輌丸々シートアップされていて、乗客は全員スタンドアップの状態だ。その車輌自体は廃止になるかなったかした様子だが、窓子もほかの乗客たちと同じように突っ立ちながら、内心首を捻《ひね》る思いでいた。

近頃は、マスコミも企業もみんな足並みを揃《そろ》えて、「地球にやさしい」「環境にやさしい」「人にやさしい」の大合唱をしている。なのにこのありようは何だろう。年老いた人、からだに故障のある人、具合の悪い人……通勤弱者はこの際カットというやり方だ。この状況の、いったいどこがやさしいのか――。

近代化された駅にはエレベータが取り付けられ、邪魔《じやま》な段差は取り払われ、車椅子程度の幅は確保され……たしかにバリアフリーにはなった。けれども、それは裏を返せば現代の駅舎が、エレベータなりスロープなりがなければ、からだの不自由な人間には移動ができない構造の建造物になったということだ。

地下をさんざんほじくり返し、地上に鉄筋コンクリートの山を累々《るいるい》と築き、何が地球にやさしいだ――窓子は思わないではいられない。それでいて、通りや公園のベンチは、椅子《いす》ではなくてステンレスのバーになったり、間に妙な仕切りがついていたり……長居をさせまい、寝させせまいという行政のせせこましい意図が見え透いている。そんな街は、人にだってちっともやさしくなんかない。

窓子にとって、その最たる街が品川、それも港南口の超近代化された一画だった。

いつだったか、仕事の用事で品川に行った。駅自体が巨大化していたことにも驚いたが、昔の東口、今の港南口に出てみて、窓子はあまりの変わりように目を瞠《みは》るよりも目を剝《む》いた。

インターシティだかスカイウェイだか、それらの正式な名前はよく知らないが、ずらりと建ち並んだ巨大な複合インテリジェントビルが、二階のテラス通路で、先の先まで延々とつながっていた。目に映るのは四角いコンクリートの塊《かたまり》のようなビルばかり。それも灰色というよりは銀色に近く、分厚い強化ガラスの窓が、威容《いよう》を誇《ほこ》るように光を反射させていた。

窓子はといえば、これまでの自分のランドマークを見失って、脳が眩《くら》む思いだった。かといって、テラス通路から地上に降りてしまうと、ますます訳がわからなくなる。地上を伝わって行き着けるはずのところにも、今はビルが壁となって人を阻《はば》み、行き着けなくなっているからだ。

(何て街)

窓子は思った。緑はあっても、本物ではなく、とってつけたような人工日本庭園だったりする。それでは息がつける道理がない。

(完全な人造都市。こんな街、人間が暮らすところじゃない)

窓子を一度でげんなりさせずにおかなかったその港南口のビル内に、

ニチカの東京営業所が移転するという。通勤するのに、自宅の最寄り駅である高円寺《こうえんじ》駅から遠くなるのも嬉《うれ》しくないが、毎日あの異様な街のどこかでおひるを食べるのかと考えただけで、心の内で湿った溜息がまた漏れでた。

(『ミラクルPH《ペーハー》』が売れたからなあ、きっと社長も強気なんだわ)

ニチカは、主として通販によって、化粧品や美容健康食品などを販売している会社だ。製造部門の駿日《すんにち》科薬とは別法人になっているから、ニチカ自体は完全な販社だ。駿日科薬は静岡県沼津《ぬまづ》市にある。ニチカ本社は三島《みしま》市だ。

数年ほど前からニチカでは、これまでの常識を覆《くつがえ》す恰好《かっこう》で、アルカリ度を高めた化粧水の販売をはじめた。美肌で有名な天然アルカリ泉の成分に倣《なら》って、それを製品に正確に反映させたのだ。その洗浄化粧水、「ミラクルＰＨ」が、予想以上の大ヒットとなった。事実、「ミラクルＰＨ」は、ニキビ肌には飛び抜けた威力を発揮する。それに引っ張られる恰好で、クレンジングジェルや美容液も売れだした。加えて「潤粋」や「潤ヒアルロン酸」「潤コラーゲン」……といった美容健康食品部門のニチカ「潤シリーズ」も、ここにきて好調な売れ行きを見せている。「ミラクルＰＨ」によって、ニチカの名前が世間に浸透した証《あかし》だろう。

営業所で、日夜じゃんじゃんはいってくる電話やメールに接していると、正直窓子も、いったいこの日本のどこが不況なのかと思ったりする。けれども、やはり不況は不況なのだろうし、社会が旧来型のシステム崩壊の危機と金融危機に瀕《ひん》していることも事実なのだろう。窓子本人に差し迫った危機感や実感はないが、テレビや新聞でさかんにそう言っているし、たしかにデパートやスーパーに行っても、人も前みたいに競《きそ》って買い物をしていない。見るとカゴのなかの食品も少なめだし、たいしてしあわせそうな顔もしていない。デザインからして、明らかにひと昔前のものとわかる服を着ている人もいる。ダイナ電工に勤める窓子の父の基久《もとひさ》は、二年後に定年を控えている。以前は定年を迎えても、まだ二、三年は、勤めていられるという話だったが、近頃はとんとそのことを口にしなくなった。恐らく会社にその余裕がなくなったのだろう。ダイナ電工のような大手にしてそれだ。

そうした状況下にありながら、会社の業績が好調だというのは喜ばしい限りだ。お蔭《かげ》で窓子程度の社員でも、当面首を切られないで済む。

（有り難いことは有り難いんだけど……）

窓子は、注文内容の確認作業をパソコン画面で進めながら、心で小さくぼやいた。

（品川移転とはね。あーあ、まさに想定外でした）

再々開発の進んだ超近代的な人造都市を、本心お洒落《しやれ》でカッコイイと思うし、便利で機能的だと感じる人もいるだろう。これぞ都会、国際的都市、東京――。

（でも、なーんかくたびれるのよね）

品川に限った話でなく、新宿も渋谷も恵比寿《えびす》も……どこも窓子は苦手だ。便利で機能的で、その分、移動だの買物だのに要する時間も短縮されているはずなのに、妙に心身ぐったりする。何だか知らないけれど、とにかく疲れる――それが窓子にとっての今の東京だ。

営業所のあるお茶の水も、むろん都心には違いない。が、御茶ノ水駅はターミナル駅ではないし、独自の地域性も手伝ってか、再開発ということからすれば立ち遅れている。周辺には、大学や病院も多いから、お茶の水も、いつも大勢の人で溢《あふ》れている。けれども、流れのゆったりとした神田川《かんだがわ》、神田川にかかる古くて大きなアーチ型の石橋、湯島《ゆしま》聖堂や神田明神と周囲の杜《もり》……自然の緑の色が濃いし、そこここに昔ながらの風情が残っていて、窓子はこの町が嫌いでなかった。営業所のビルも、高層ではなく五階建てだ。町全体の目線がまだ低めで、人間のそれに近い。

お茶の水の方が、新宿や渋谷で働くよりどんなにいいか……窓子はずっとそう思ってきた。それなのに。

お茶の水——厳密に言うなら、会社があるのは千代田区外神田だ。でも、御茶ノ水駅のすぐ近くだし、この界隈《かいわい》は、昔からお茶の水と呼ばれている。何でも二代将軍の徳川秀忠《ひでただ》が、鷹狩《たかが》りの途中に茶を所望《しょもう》して、付近の寺の湧水《ゆうすい》でたてた茶をたいそう気に入ったことに由来しているとか。窓子は、そのいわれもこの地名も、双方のどかでいいと思う。

給料はたいしてよくない。待遇もそこそこだ。ニチカ自体が、もとは地方の会社で大きくないし、窓子自身も新卒入社ではない。大学を卒業してから二年ばかり証券会社に勤めたのだが、証券業の苛烈《かれつ》さにどうにも堪えられなくなって退社した。そののち、まずは契約社員としてニチカで働き、十五ヵ月後に正社員に昇格した。もちろん総合職ではなく一般職だ。契約社員からの中途採用だから、同じ年齢の新卒入社の社員と比べて給料も劣《おと》る。相手が総合職となればなおさらだ。それでも、正社員になれたのだから良しとしなければと諦《あきら》めている。

ただし、正社員に取り立てられたのは、べつに窓子に見どころがあったからではない。その頃会社は、決まりきった仕事を日々粛々《しゅくしゅく》とこなしてくれる社員を欲していた。窓子がそれに当てはまった人間に見えただけだ。その目は、正しかったと窓子も思う。

それから、何ということなく八年余りもニチカに勤め続けてしまった。窓子も三十三歳、今年の十一月には三十四歳になる。八年生なのに、やっていることの内容は、入社した当時とさほど変わらない。そういうことからすれば、給料は妥当だ。文句は言えない。

(いまさら違う会社って言ったってなあ)

いくらか虚《うつ》ろな眼差《まなざ》しをパソコン画面に向けながら、窓子は思った。

(ここより居心地のいい会社なんて、そう簡単に見つからないだろうし)

よその会社に比べて、ニチカが居心地のいい会社かどうか、本当のところは窓子にもよくわからない。ただ、最初に勤めた旭《あさひ》証券よりはずっといい。販社にしてはおっとりとした社風だ。だいたい、八年いて毎日同じような仕事をしていれば、いやでも仕事に慣れるし、自然と社内事情にも通じてくる。ニチカなら、大きな組織改編かシステム変更でもない限り、労なく一日をやり過ごせる。

（ん？）

パソコンの画面を切り換えると、窓子の社内アドレスに、新着メールが一通はいっていた。

送信者・神崎淑恵《かんざきよしえ》、件名・五百野《いおの》さん送別会――見る前から半分うんざりしながら、窓子はメールを開いた。

〈すでにご承知のことと思いますが、第二営業部販売一課で常にさわやかに健康食品の販売に当たってくれていた五百野早季《さき》さんが、この秋のご結婚のため、来月二十日をもって退職なさることになりました。

つきましては、ニチカでのこれまでの労をねぎらうとともに、五百野さんのこれからのお幸せな未来を祈り、ささやかな送別会を女性社員有志で開きたいと考えております。

以下、日時と場所を、お店のURLと合わせて送信させていただきます。皆さま、それぞれにお忙しくお過ごしのことと思いますが、何とぞ万障お繰り合わせの上、ご出席いただきたくお願い申し上げます。

なお、大変お手数ではございますが、今週金曜午後三時までに、出席・欠席のお返事を、メールにて神崎まで賜りますようお願いいたします。ご返信の際は、件名を変えず、当メールにReのかたちで、神崎までお戻しください。

以上、よろしくお願いいたします。

総務部　神崎淑恵〉

五百野早季——今年入社三年目の女性社員だ。私的にはもちろん、業務上の関わりも特になかったから、公的にも窓子は早季とろくに口を利いたことがない。つまり、彼女のことをほとんど知らない。

返答は、当然のようにノー、欠席だ。とはいえ、即座に欠席のレスを返すのも憚《はばか》られる。

（やれやれだ）

一度ウィンドウを閉じながら、窓子は心で今日何度目かの溜息をついた。

（これだから、社内メールって好きじゃないのよね）

有志と言うなら、早季とつき合いのあった人間たちが、内輪で勝手に送別会をやったらいい。なのに、メールというツールがあるものだから、一斉送信のかたちで関わりのない人間にまで連絡がくる。出欠を問うようなメールがくれば、どうしたって返信せざるを得ない。気持ちもないのに、「残念ですが、当日は都合があってどうしても出席できません。五百野さんによろしくお伝えください」などと、余計なひと言をつけ加えることにもなる。

(面倒臭い。返信するのは明日にしよう)

自分の業務に戻りながら、窓子は心で呟《つぶや》いた。頭はまだ完全には切り換わっていなかったが、指はすでにキーボードの上を走っていた。同じような仕事を八年もやっているのだ。となれば習性みたいなもので、頭は半分よそに行っていても、入力作業ぐらいは問題なくできる。

(入社三年目って言うと、二十四か五？　二十四、五での結婚か……まあ、それがベストの選択かもね)

どういう訳だか、ニチカの女性社員は、長っ尻組と腰かけ組、二種に分かれる。言うまでもなく、早季は早々に一抜けする腰かけ組だが、窓子は自覚のないまま、いつの間にやら長っ尻組になろうとしている。いや、もう充分その一員かもしれない。

(品川移転の頃には十年選手だ。三十五歳……)

寿退社していく早季を、窓子は少しも羨《うらや》ましいとは思わない。ましてやこれっぽっちも妬《ねた》んでなどいない。送別会に出席しないのは、べつに僻《ひが》みややっかみからではない。強がり抜きで、窓子は結婚したいと思っていない。ずっとこのままで構わない。

ただし、窓子がこれといった望みを抱いておらず、また、自分から何のアクションも起こさなくても、すべてこのまま、今まで通りという訳にはいかない。時が停止することなく流れ続けている以上、どうしたって変化は避けられない。今回、会社が品川移転を決めたのがいい例だ。会社も人も世のなかも……自然に移り変わっていくし、窓子もそれらに翻弄《ほんろう》されざるを得ない。加えて言えば、窓子も確実に歳《とし》をとっていく。

(どうしようかなあ、私……)

どうしたいという明確な意志のまったくないまま、窓子は心でぼんやり呟いた。

三十三ともなれば、当然ながら、もう子供ではない。それどころか、そろそろお嬢さんでも娘さんでもなくなってくる。

風見《かざみ》さんちの窓子ちゃん——それにも限界がきていることを、窓子は肌身で感じていた。

2

窓子の家は、ＪＲ中央線の高円寺駅から歩いて十二、三分のところにある。最寄り駅は高円寺駅だが、住所は中野区大和《やまと》町になる。川、なかでも上水と呼ばれるような川は、流れる場所によってその姿と趣《おもむき》を大きく異にする。窓子の住む大和町にも神田川が流れているが、これがお茶の水を滔々《とうとう》と流れているあの神田川と同じ川かと思うような、細くて貧弱なしけた川でしかない。

大和町は、昔からの住宅地らしい。順番からすれば、一番はじめに家が建ったのは、川沿いのあたりだったのかもしれない。それが新宿に近い土地柄とあって、昭和五十年代に建売住宅も含めた新しい住宅が続々と建てられて、一帯が完全な住宅地になった。ちょうど高度経済成長期と言われる頃のことだ。窓子の家、風見家が大和町に越してきたのも昭和五十八年だ。窓子八歳、はや二十五年も前のことになる。

かつては新築でぴかぴかだった木造モルタル二階建ての家も、四半世紀も経《た》てば立派な中古品——いや、今ではすっかりぼろ家になってしまった。当時は、今ほど建築技術が進んでいなかったし、多少、粗《そ》製濫造《せいらんぞう》という面もあったのかもしれない。安普請《やすぶしん》とまでは言わないが、いまどきの住宅に感じられるような堅牢《けんろう》さはないし、電気系統その他、まるでシステマティックでない。だから、新たに配線工事をしたり、アンペア数をふやしたり、給湯器や洗面台そのものを取り替えたり……ことにこの何年かは、この年は外壁塗装、次の年は屋根瓦の葺《ふ》き替え、今度は水回りの修繕……と、ほとんどモグラ叩《たた》き状態だ。ここ数年で、周辺の家もずいぶん建て替えられたり、いったん更地《さらち》にされた上で、土地が売られて新しい家が建ったりした。それだけに、窓子の家の古さと傷《いた》み具合が余計に目立つ。多少保全したところで、中古のぼろ家であることは覆《くつがえ》しようがない。

「お前が結婚するのを待っていたら出遅れた」

それが父の基久の、得意文句のような言い分だ。窓子が結婚して一度家を出ていったら、先々のことを視野に入れて、二世帯住宅に建て替えておくのもよし、あるいはここを売って、もう少し広いマンションに引っ越しておくのもよし——そう考えていたのに、窓子がいつまでも結婚しないものだから、すっかり予定が狂った。建て替えの時機を逸したし、自分も定年まであと二年というところにまできてしまった。もはやローンは組めないから、自己資金のみでのやり繰りになる。となると、ますます建て替えや買い替えには腰が退《ひ》ける。そう言いたい訳だ。

「それでも、お前の結婚が決まっているのであれば、まだ考えようもあるのに」

基久の愚痴《ぐち》は続く。

「その予定も全然ないっていうんじゃ、何をしようにも張り合いがないし、踏ん切りがつかない」

「そうこうしているうちにこっちも歳をとって、今度は動くに動けなくなる。やれやれだ」

………

(私のせい？)

そんな基久の言葉を耳にするたび、窓子は心で呟かずにはいられない。

(あれもこれも、みんな私のせい？)

だが、窓子は面倒臭いので黙っている。父の基久とは、常にと言っていいほど話が噛み合わない。母の満喜子《まきこ》ともほぼそれに等しい。親子なのだ。話し合いとまではいかなくても、話せばもう少し理解が生まれてもよさそうなものなのに、なぜか話せば話すだけ、逆に距離が遠退いていく。たぶん実の親子とはいえ、きっと人間の種類そのものが違うのだ。言葉で溝は埋められない。下手に窓子が何かを口にすれば、家のなかの空気が険悪になって、ただでさえあまりよろしくない居心地が、なおさらよろしくなくなる。だから窓子は反駁《はんばく》はもちろん、なるべく口を開かないように心がけている。

「ただいまぁ」

家にはいり、リビングを覗《のぞ》くと、すでに夕飯を済ませた満喜子が、ひとりテレビのお笑い番組だかクイズ番組だかを見ていた。

「ああ、お帰り」

顔を窓子の方にちらっと向けて、すっかりくつろいだ風情で満喜子が言う。

平日、基久が家で夕食を食べるのは、平均して週に二日というところだ。基久の帰りが遅いとわかっている日は、満喜子はだいたい六時半には一人で夕飯をとる。早く済ませた方が、後がゆっくりできて楽だからだ。基本的に、窓子の帰りは関係ない。それというのも、三十の誕生日を迎える直前、窓子は満喜子から宣言されたからにほかならない。

「あのね、窓ちゃん。お母さん、充分義務は果たした。三十を過ぎた娘のご飯の支度をする義理は、私にはもうないから」

言われてみれば、まあそうだろうと窓子も思った。

土、日は基久がいるから、満喜子もまともに夕飯を作るし、作ったものを窓子に食べさせないことまではしない。ただし、食べるとなれば、ただでという訳にはいかない。さすがに金は取られないが、買い物に行かされるし、料理や後片づけも手伝わされる。おまけに「手のろい」だの「切り方が違う」だの、文句もつけられる。だいたい、その日満喜子が作るもの――たとえば、天ぷらだったり、豚カツだったり、八宝菜だったりするのだが、それを窓子が食べたいとは限らない。だから、土、日であっても、窓子は強いて両親と食をともにしようとはしていない。ただ、窓子が台所を長々と使っていると、満喜子の不《ふ》興《きょう》を買いかねない。

「まだやってるの？　洗い物を先に片づけてくれない？　流し、使いたいのよね」

「野菜を刻んだりするのは、テーブルの方でやってもらえないかしら」

「やだ。その鍋使ってるの？　私が使おうと思ったのに……」

邪魔だと言わんばかりの目と顔と口調。半分は嫌がらせみたいなものだ。だから、窓子は家で、簡単に調理できる献立を選びつつ、自分の好きなものをなるべく短時間で作って食べている。食事はほぼ常に一人だ。が、慣れてしまえばその方が気楽だし、からだにも負担が少なくていい。基久と満喜子の食は、六十三と六十という歳の夫婦にしては、肉が多いし脂《あぶら》っこすぎる。思えば、食の好みもまた、親子でずいぶん違っていた。

（こっちは、どっちかって言うと草食女子だもんね）

今夜も、真鱈《まだら》と生椎茸《なましいたけ》のホイル焼きに、ほうれん草としらすのお浸《ひた》し、それに休みの日に漬けておいた大根とキュウリの漬物――まさに簡単さっぱり系の夕飯だ。シメには、冷凍してあるお茶碗《ちゃわん》一杯分の野菜雑炊をチン。油ものがないと、茶碗を洗うのも早いし楽だ。

ＳＮＳ、ソーシャルネットワーキングサイトというのがある。会員制のインターネットの交流サイトで、サイト内の興味や関心のあるコミュニティに参加することもできれば、話の合いそうな人、面白そうな人と、互いの合意があれば、〝友だち〟としてもつき合える。

今、窓子が会員になっているのは、ｗａｘというサイトだ。窓子はｗａｘに、氏名・岸川大和《きしかわやまと》、ニックネーム・茶女《ちゃめ》で登録している。茶女としたのは、お茶の水勤めだからという単純な理由からだ。ｗａｘでは、一応ブログも書いているが、窓子はさほど熱心ではない。それよりも、今、窓子がｗａｘを覗く主たる目的は、独食会というコミュニティにあった。読書会ではなく独食会——独食会は、窓子がｗａｘ

で唯一参加しているコミュニティだ。

今は、窓子同様、三十代四十代になっても、親と同居している未婚成人が結構多い。比率的には家賃と物価が高い東京が断トツだろうが、それは東京に限った話ではないし、都市に限った話でもない。ネット社会、ケイタイ社会になって、地域的な情報格差がなくなったせいか、どこにでも同類はいる。

良くも悪くも、三十を過ぎると、自分の趣味嗜好《しこう》、生活スタイルが確立されてくる。当然のように、それは親の生活スタイルやペースと、ぴたりと合致するものではなくなる。むしろ、次第に摩擦や軋轢《あつれき》みたいなものが生じるのがふつうだろう。が、双方いい大人となると、そうやすやすとは折り合えない。窓子親子が典型例だ。折り合えなくても、同じ家に住んでいれば、どうしたって日常は重なる。そこがややこしいところだった。たとえ同居していても、自分の居住スペースにキッチンやユニットバスがあるという恵まれた環境にある人間はいい。けれども、なかなかそうはいかないのが日本の住宅事情だろう。

独食会は、実家で暮らしている未婚成人が、親や家族との衝突をうまいこと回避しつつ、いかに自分の食を保ち守るかということを中心に、個人向きの料理や献立、あるいは調理道具や調理方法に関する情報交換をしているコミュニティだ。

どのぐらい前からだったろうか、一人での食事を指す個食や孤食という言葉が、世間に流通しはじめた。独食もそれに近いが、個食や孤食という言葉には、家族というものがありながら、止むなく一人で食事をとるというニュアンスが感じられる。かたや窓子たちは、好き好んで一人で食事をしている。自分らしい食を通そうとしている。それゆえ、個食や孤食とは区別して、独食と称している。

〈タイトル：冬場の独食にマイ土鍋は必須
内容：百円ショップで売っている小さな土鍋で充分。湯豆腐、小鍋料理はもちろん、ご飯お茶碗一杯分（二分の一合）なら、蒸らし時間も入れて十五分で炊けます。蒸気穴から蒸気が目一杯でてきたところで火を止め、濡れ布巾や濡れタオルをかけておくのがコツ〉
〈コメント1：私も土鍋派です♪　ご飯は土鍋で炊いて、炊き上がりを食べるのが一番ですよね。私は時々アサリご飯にしたりしています。アサリ、だし汁だけではなく、ターメリックの粉も混ぜると、パエリ

ヤ風になりますよ〉
〈コメント2：土鍋は冷めにくいので、夜食の鍋焼きうどんにも最適ですね。その時は、うどんの玉は半分にしておいた方がいいと思うけど。蓋をするとぶくぶくとまた沸騰するじゃない？　熱々のを二階の部屋に運ぶ時、吹きこぼれたつゆで火傷した経験あり。運び方（運ぶ道具：鍋敷にもなる盆、鍋つかみ、タオル等）と火傷にはご注意を〉
〈タイトル：干物を焼くにもホイルが便利
内容：干物をアルミホイルで包んで焼くと、焼き網にもくっつかないし、汚れないし、肝心な干物を焦がすこともありません。それにふっくら焼けておいしいですよ。コツは、ホイルを半分に折って三方はしっかり封をしますが、キツキツに巻かないで、中に多少空気のはいった状態にすることでしょうか。途中引っ繰り返す時、ホイルごと皿に取る時は、熱いので手で触らないで箸《はし》を使ってね。ホイルを開いて食べて、そこに骨をだすと、ホイルごと丸めて捨てればそれでＯＫなので、ゴミ捨て、皿洗いも楽ちんです〉

〈タイトル：クッキングトーイ、使ってみました？

内容：姪っ子と『トーイズ・パラダイス』に行ってみてびっくり。今、子供用の調理玩具って、ものすごくいろいろなものがあるんですね。それになかなか本格的。私は、個人的には『マギーのクレープ屋さん』が気になっているんですが（笑）。

この種のクッキングトーイ、使ってみたかたいますか？　これは実用的でおススメ！というものがあったら教えてください〉

………

コミュニティの参加者それぞれが、さまざまなコメントを書き込んでいる。マイ小土鍋、ホイル焼き、それにジャムの空きビンを使った簡単ピクルス、漬物……窓子もいろいろと参考にさせてもらっている。

部屋でひとり夕飯をとるかたがた、パソコンを立ち上げてwaxの独食会を覗く。こんなことができるのも、自室で夕飯をとっていればこそだ。

(今日は参考になりそうな書き込み、何かあるかな)

ほうれん草としらすのお浸しを、箸で口に運びながら、窓子はパソコン画面の新しい書き込みに目を走らせた。

(あ、水月堂《すいげつどう》……桂《けい》さんが書き込みしてる)

〈タイトル：カップラーメンのカップをリユースして温泉玉子
カップラーメンのカップは保温力抜群。直接口に入れる食べ物の容器に使うには、きれいに洗うのが面倒だけど、殻のある卵ならノープロブレム。ただし熱湯はＮＧ――六十度のお湯で三、四分。これで温泉玉子の出来上がり。捨てられる前のひとカップ仕事〉
（カップラーメンのカップで温泉玉子か。蓋《ふた》は……ホイルでもお皿でもいい訳だ）
書き込みの主、水月堂は常連だ。「捨てられる前のひとカップ仕事」と書いているあたりが、いかにも水月堂らしい。言外に、不衛生になるから、二度三度と使うなというメッセージが込められている。
ニックネーム・水月堂、本名は津村桂二《つむらけいじ》という。三十六歳の男性だ。

職業はプログラマー。会社勤めをしているが、名の知れた大きな会社ではない。名前は……たしかアドバンテとか言った。

独食会のコミュニティに参加して、水月堂の書き込みに目をとめるようになったのは、文章に個性のようなものが感じられたし、つけているコメントも気が利いていると思ったからだ。それで窓子は、彼のブログも覗くようになった。ブログへのコメントは滅多につけなかったが、ブログを覗けば訪問歴が残る。向こうもこちらを認識する。そんなことから、やがてｗａｘでの〝友だち〟同士になり、オフ会と称して会社帰りに二人で会うようになった。したがって、いまや桂二は、単なるネット友だち、ヴァーチャル友だちであるのみならず、リアル友だちでもあるし、ある意味窓子がつき合っている相手でもある。外ではｗａｘでのニックネームからも脱却して、「桂さん」「窓ちゃん」――互いをそう呼び合う間柄だ。

（でもなあ）

桂二の顔を思い出し、窓子は無意識のうちに音のない息をついた。

（やっぱり桂さんは彼氏じゃない。本当の恋人同士になれる相手でもない。ましてや結婚なんて）

まず絶対にあり得ない――恐らく向こうも同じだろうが、それが窓子の結論になってしまう。パソコンやケイタイを介してやりとりしている分にはいいのだ。ところが、いざ実際に顔を合わせてみると、いつも何かが違う、どこか大きく食い違っているという白けた気分になる。会っている時もだが、別れて帰る道々、窓子は決まって不完全燃焼感に似た疲れを覚えている自分に気がつく。それでも会ってしまうのは、ネットなりメールなり、デジタル文字でやりとりをしていると、またしても感覚が誑《たぶら》かされるとでも言ったらいいか、そこでの桂二がやはり本物のように思えてしまうからだ。が、実体としての桂二は変わらない。会うなりそのことに気づいて落胆する。たぶん窓子は、桂二ではなく水月堂が好きなのだ。

「あのね、窓ちゃん。お母さん、充分義務は果たした。三十を過ぎた娘のご飯の支度をする義理は、私にはもうないから」——満喜子から宣言された時のことが思い出された。その時、満喜子の目は窓子に向けられていなかった。満喜子はちょっとよそを向き、つんとした表情をして、感情のない声でさらりと窓子に言った。あえて感情を排したような声と口調だった。

窓子にもわかっている。満喜子はべつに自分の食事は自分で作れと言いたかった訳ではない。満喜子が本当に言いたかったのは、「いい加減に結婚しなさい」「早く結婚して子供を作りなさい」ということだ。

（これも一種の兵糧《ひょうろう》攻め？）

画面から目を離して箸を動かしながら、窓子は心持ち唇を尖《とが》らせた。

（さっさと結婚しろ、子供を作れ、家庭を持てって言われても……」

時機はすでに逸した気がした。そして、窓子に言わせるなら、その責任の一端は、基久と満喜子にある。窓子にも、結婚しようとした時期はあったのだ。

(だけど、今年三十四にもなろうっていうのに、部屋に籠《こ》もって夕飯っていうのもちょっとなあ)

部屋は元の勉強部屋だ。当然、食事をとるような造りにはなっていない。だから、部屋での食事は気楽な反面、陰気で少々貧乏臭い。やはり時に気が滅入る。

独食会に参加するようになって二年半、桂二と何となくつき合うようになってからも一年以上になる。時はあっという間に流れていく。が、まわりに変わりはあっても、窓子にはこれといった変化もなければ進歩もない。それがここ数年のありようだった。

(べつに私は一人の夕飯がいいと思ってる訳じゃない。なのに独食会でもないものよね)

まさに自室で一人きりの夕飯をとりながら、窓子はそのことも実感していた。

3

「あなた、まさかあの人と結婚しようっていうんじゃないでしょうね」

「せっかく大学まで行って、旭証券に就職して……勤めてまだ一年ってところじゃないの。もったいない。二十四、まだ早いわよ」

「焦ることはない。これからいくらでもいい相手が見つかる。拙速というのは感心しないな」

「八重洲《やえす》商会って、どうせ商事会社とも言えないようなちっぽけな代理店みたいな会社だろう。そんなところに勤めている相手と結婚したって。H学院大学の経済学部出身ねえ。三流大学出の三流会社勤務だな」

「だいたい、本人が頼りなさそうよ。背ばっかり高いけど、それでいて貧弱な感じがするし。あれで営業なんて勤まるの？」

「今はああいうのが多いにしても、何かへなちょこもやしといった感じだな」

「影が薄いわよ。あれじゃ小さな会社のなかでも出世しなそう。見込み薄ね」

………

今でも忘れられない。基久と満喜子が、佳樹《よしき》に関して言ったことだ。

新島《にいじま》佳樹――大学二年の時に、友人の紹介で知り合った相手だ。窓子よりも三つ歳上、その頃、彼はすでに社会人だった。卒業して旭証券に勤めるようになってからも、窓子は佳樹とつき合っていた。佳樹は、初めて窓子がまともにつき合うようになった相手だし、結婚を意識した相手でもある。

いざ勤めてはみたものの、窓子は証券会社での勤めがどうにも肌に合わなくて、入社して一年が経った頃には、心身ぐったり疲れきっていた。そんな窓子の様子を見て、佳樹は窓子に言った。

「給料はいいだろうけど、旭証券は窓子には合っていないと思う。って言うか、窓子はもともと証券や金融向きじゃないんだよ。まだ僕の給料だけで窓子を養ってあげることはできないけど……どうなんだろう、給料は安くても、もっとゆるい仕事をするようにしたら？　窓子さえいやじゃなかったら、契約とかパートとかでも、僕は全然構わないと思うし。贅沢《ぜいたく》しなけりゃいいんだよ。当面、二人で働いていたら、生活の方は何とかなる」

実質的なプロポーズだと思った。だからこそ、佳樹を両親に引き合わせた。

（それが糞味噌《くそみそ》――）

窓子に向かって「三流大学出の三流会社勤め」「へなちょこもやし」と腐すだけならまだしも、二人は佳樹本人に向かっても、「君はH学院大学が第一志望だったの？」「会社での仕事はOA周辺機器と消耗品の営業……消耗品ねえ。それで外回りか」「ご長男なの？　ああ、一人っ子。それじゃゆくゆくはお故郷《くに》に帰るんでしょう?」「今のお住まいは浅草橋でいらしたわよね? マンション? あ、コーポラスね」……などと、プライドを傷つけ、へこませるようなことばかりを口にした。佳樹を排除しようとしている意図は見え見えだった。

それでも、佳樹は我慢をして努力してくれたと思う。ボーナスがでた時には、外で四人で食事をする席も設けてくれた。銀座——と言っても、東銀座寄りの和食割烹《かっぽう》の店だったが、基久と満喜子はその店や料理にまでケチをつけた。

「あらま。せっかく一輪挿しのお花は吾亦紅《われもこう》なのに……残念、色紙の絵が季節と合っていないわね」

「これは何料理になるのかな。京料理? うーん、どれも出汁《だし》がもうひとつだな」

「お味よりも見た目の方に重きを置いているんじゃないの？」

………

これでは佳樹も救われない。

「どうも僕は、窓子の両親に好かれていないっていうか、どう頑張っても評価を得られないみたいだね」

さすがに佳樹も、いささかくたびれたように窓子に言った。

「違う。佳樹のことが気に入らないんじゃない」窓子は言った。「あの人たちは、私が結婚するということをまだ想定していなかったのよ。だから、誰が現れてもケチをつけたって」

「そうかな。でも、これが東大出の省庁勤めとかいう男であれば、ご両親の反応もまた違ったんじゃないの？」

「あり得ない。東大出の省庁勤めの人なんかが、私のことを相手にしてくれる訳がないもの」

佳樹の立場を守ろうと、下手なとりなしをしていると、今度はうっかり窓子が佳樹の気持ちを損なってしまう。悪循環だった。

友人に紹介されてすぐにつき合うようになったぐらいだから、お互いもともとの好みの的を、大きく外していなかった。基久と満喜子が介入してくるまでは、窓子と佳樹の仲は問題なくうまくいっていた。気も相性も合っていたし、話も合った。それなのに——。

両親は、背ばっかり高いへなちょこもやしと評したが、今どきの男の子たちに比べたら、佳樹は骨格だってそこそこしっかりしていたし、ことさら脆弱《ぜいじゃく》そうでもなかった。二十七だ。彼に完成した大人の男の姿や精神を求めることの方に無理がある。

基久と満喜子、二人の態度と対応があんまりなものだったから、佳樹もだんだん積極的に彼らと会おうとはしなくなっていったし、結婚のことも口にしなくなっていった。そうなれば、当然窓子たち二人の関係も変わっていく。

「ごめん。今、ちょっと仕事が忙しくて。ま、僕のやっていることなんて、つまらない仕事だけどさ」「夏休み？　どうかなあ。今年は取れないかもしれないし。だいたい旅行ったって、窓子の方が無理だろ？」「そうだな、来週にでも連絡するよ」「また電話する」……典型的な自然消滅の体《てい》だ。次第に隙間風《すきまかぜ》のようなものが吹きはじめ、いつしか結婚話どころか、関係そのものが立ち消えになってしまった。基久と満喜子は、目論見《もくろみ》通り、佳樹を振ったつもりかもしれない。でも、佳樹に振られたのは窓子の方だ。痛手を負ったのも同じく窓子だ。

（それが今になって、結婚、結婚って言ったって）

家の建て替えの時機を逸したとか何とかいう基久得意の愚痴にしても、あの時佳樹との結婚を快く認めてくれていたら、今頃口からでなかったはずのことだ。自分たちで窓子の結婚を壊しておきながら、「窓子がいつまでも結婚しないから」と、すべてを窓子の責任にするのはおかしな話だ。だが、二人は、そんなことなど、きれいに忘れ果てたような顔をしている。それどころか、満喜子などはお為《ため》ごかしに窓子に言う。

「お父さんがダイナ電工の取締役でいられるのも、あと二年かそこらのことよ。あなただって、お父さんが現役でいるうちに結婚した方がいいでしょう？　定年退職してしまったら、あなた、ただの年金生活者の娘よ」

父親が優良企業の取締役だというのも、窓子が結婚するに当たっての、好条件のひとつになると言いたい訳だ。

いつだったか、満喜子の知り合いらしき女性から、窓子の見合い話の電話があった。それをはたで聞いていて、窓子はすっかり嫌気がさしてしまった。

「え？　うちの娘？　ええ、まだ一人よ。そうなの。もう三十三歳。もちろん早く結婚してもらいたいわよ。え？　お見合いの話なの？。

へえ。で、先方はどういうかたなのかしら。――ああ、バツイチ。四十一……お子さんはいらっしゃらないのよね？　いると何かとね……。お勤め先は安友建設？　まあ、一流企業じゃないの。そう、一橋大学を出てらっしゃるの。それはいいお話ね。――え？　だけど少し頭が薄い？　……ふふ、そんなこと、全然関係ないわよ。問題じゃない」

四十一、バツイチ、やや薄毛……そこだけ取れば、条件はかつての佳樹に大きく劣る。いざ実際に会ってみたら、背も低ければずいぶんと太っていることだってあり得るし、頭はよくても、性格的に大いに問題があるかもしれない。口うるさい両親や親族が後ろについていないとも限らない。にもかかわらず、満喜子は飛びつかんばかりの勢いだった。

（結婚しさえすれば何でもいいってこと？　学歴と勤務先さえよかったら、相手は誰でもいいってこと？）

窓子は憤りを孕《はら》んだ落胆を、覚えない訳にはいかなかった。

もちろん、窓子は、そんな見合いの話は断った。

「会ってみなくちゃわからないでしょう？」

不満げに満喜子は言ったが、こちらに結婚したいという気持ちがないのに、会ったところで意味がない。先方にだって失礼だ。何よりも、もう基久や満喜子に掻《か》き回されるのはたくさんだった。

（親孝行しろ、親は大事にしろってよく言うけれど、親にもよるわよ。あの人たちの言うこと聞いていたら、私の人生滅茶苦茶になっちゃう）

「あの時、あなたの結婚、許してあげていたらよかったのよね」――ひと言でいい、満喜子の口から詫《わ》びらしき言葉を耳にすることができたら、窓子の気持ちもずいぶん違っていただろう。基久に関しても同様だ。しつこい、いつまでも根に持っていると言われるかもしれないが、窓子の心にできたしこりのような結び目は、いまだほどけていない。その結び目をほどく努力を少しもせず、無視して圧迫してくるから、窓子の方も頑《かたく》なになる。

（お父さんのこともお母さんのことも、私は信用していない。そんな人たちに孝行なんかできない）

結婚したい――窓子がそう思うことがあるとすれば、それは基久と満喜子のありようにうんざりして、この家を出たい、二人から離れたいと思う時だ。
べつに結婚なんかしたくない。けれども、「風見さんちの窓子ちゃん」であり続けることに無理があるばかりでなく、風見基久・満喜子の娘としてこの風見家に居続けることにも、正直窓子はいい加減倦《う》んでいた。

4

金曜の晩、窓子は外で夕飯を済ませてから帰宅した。以前は、もっと同僚や友人と外で食べて帰る機会が多かったものだが、近頃はだいたい週に一度という程度だ。同年代の人間たちは、それぞれに忙しくなってしまったということかもしれない。バリバリ仕事をしている人

間もいるが、仕事を辞めて専業主婦となり、今は子育てに追われてい
る友人も少なくない。
加えて、前は残業になると、上司が帰りに夕飯をご馳走《ちそう》したりして
くれたものだった。が、今現在の窓子の上司は女性だ。第一営業部販
売一課長・篠崎苑江《しのざきそのえ》、四十三歳。
決してうるさい上司ではない。むしろ、女性の部下に女性ならではは
の気配りと気遣いのできる上司だ。それでいて、性格的にはさっぱり
していて、下手な男性上司よりも細かくないし、思い切りもいい。だ
から、下にいて働きやすい。
ただ、苑江は結婚していて、夫もいれば子供もいる。だから、夜遅
くまで部下とつき合っている時間がない。何よりも会社自体が、いか

に仕事が忙しくても、社員に残業はさせず、できるだけ諸経費を抑える方向になってきている。業績は良好でも、そこは世間の趨勢《すうせい》に足並みを揃えようという姿勢だ。

窓子は、べつに会社の人間と飲んだり食べたりしたいと思わない。だから、それで痛痒《つうよう》ない。ただし、かつてに比べて独食の回数はふえた。

「あ、窓ちゃん」

帰ってから入浴を済ませ、二階の自分の部屋へ上がりかけた時だった。窓子は満喜子から声をかけられた。

「ん？　何？」

タオルで髪の水気を拭《ぬぐ》いながら言う。

「あなた、明日はうちにいる？」

「うん……べつに出かける予定はないけど。何？　何か用事でもあるの？」

「用事ってほどのことじゃないけど、お父さんが、夕飯を食べながら、ちょっと話がしたいって」

「へえ。何の話だろう」

いやな予感に近いものを胸に覚えつつ、窓子は言った。「あ、そう」と、そのまま二階に上がってしまえなかったのは、恐らく窓子の立場と気持ちの弱さゆえだ。

「話はその時に。だから、明日の夕飯は一緒にね」

「うん」

「ああ、明日は手伝わなくていいわよ。今日、買い物に行ってきたし、いただきもののチルドの宇都宮餃子《うつのみやぎょうざ》を焼いて食べるつもりだから」

「わかった」

中途半端な気分をひきずったまま、窓子は自室に戻った。何の話なのかはわからない。ただ、窓子にとっていい話ではあるまいという予測はついた。ついでに言うなら、基久にガンが見つかったとか何とかいう深刻な話ではないというのも満喜子の顔を見ていてわかった。満喜子は半分よそを向いてしれっとして言葉を口にしていたし、もしもその種の話なら、宇都宮餃子はでてこないだろう。

宇都宮餃子の中身については考えたが、基久の話の中身についてはは考えないまま、窓子は翌日の夕飯を迎えた。基久の頭が捻り出したことを、窓子があれこれ予想してみたところではじまらないと思ったからだ。

宇都宮餃子は、一般的な焼き餃子とシソ餃子、それにニンニク餃子だった。麻婆豆腐とサラダは満喜子が作った。ビールを飲みながら、ひとつふたつ餃子を食べた頃、基久がおもむろに口を開いた。

「窓子、お前、今年でいくつになる？」

「三十四」

訊《き》くまでもなければ答えるまでもないことだと承知しながらも、致し方なく窓子は答えた。

「こういうことはすぐすぐという訳にはいかない。だから早めに言っておく」

「何？」

「心得ておいてくれ。あのな、干支《えと》三回りが限度だから」

「限度って？」

「だから」満喜子がやや眉を顰《ひそ》め、焦《じ》れたように割ってはいった。

「こうして家に置いておくのも、三十六までが限度っていうこと」

「はあ？」

「はあ、じゃない。本当のところ、三十が限度だったんだぞ。こっちも干支三回りまでは譲歩する。だから、三十六までに結婚しなさい」

「結婚。そんなこと言われたって」

「まだ二年もあるじゃないか。だからこっちも早めに言っている」

「そうよ。あなたも今から流行《はや》りの婚活をすればいいのよ。そうしたら、二年のうちにきっと相手が見つかるわ。お母さんも、協力しないことはないわよ。あなたはいやな顔をするけど、お見合いっていうのも、悪い手段じゃないと思うのよ。何よりお相手のことが、会う前からよくわかるし、目的だってはっきりしてて」

「婚活、お見合い……」

窓子は、満喜子の言葉を、口のなかで陰気な調子で繰り返した。満喜子が「婚活」などという言葉を使っていること自体が、おぞましく思えた。

「でも、結婚っていうのは、縁とかめぐり逢《あ》わせとか、そういうものがあってするものじゃないの？」

窓子は言った。

「そういうことを言っているから、あなたは駄目なのよ」

「駄目って……」

「結婚しないなら結婚しないでいい」

基久が、窓子になかば言い放った。その目は、窓子に向けられていなかった。似た者夫婦とよく言うが、二人は何かを宣言する時には目を逸《そ》らすという点で見事に一致している。

「それならそれで、自立、自活しなさい」きっぱりとした口調で基久が言った。「どうあれ三十六の誕生日には、この家を出ていることだ」

そうきたか――内心思いながらも、窓子は言葉を返せずにいた。これは一種の恫喝《どうかつ》だ。

ニチカは女性が働きやすい職場であるにもかかわらず、さっさと辞めてしまう女性社員が結構多い。その大きな原因のひとつは、やはり給料の安さにある。総合職はまだしも、一般職はよくない。辞めていった二十代の女性社員たちは、都内に部屋を借りて毎月食べていくのがやっとという生活に、きっと嫌気がさしたのだと思う。おまけに窓子は中途採用ときているから、三十を過ぎた今も、給料は旭証券時代の初任給とどっこいどっこいといったところだ。都内のマンションでの優雅な一人暮らしなどとうてい無理だ。ふつうの一人暮らしでも難しい。

基久はそれを承知していて、あえて三十六まで一人ならば独立しろと、窓子に脅しをかけてきた。ニチカの給料で自分の暮らしが賄《まかな》えないのなら、三十六までに結婚しろ――。
（要は、何としても三十六までに私を結婚させたいのよね。それなら
お父さんもまだ、ぎりぎりダイナ電工に勤めているだろうから。私の
ためじゃない。自分の見栄や体面のためよ）
「窓ちゃん」
いくらか猫撫《ねこな》で声で満喜子が言った。その目はやはり窓子には向け
られておらず、箸先の餃子に向けられていた。
「今、いい人を見つけておかなかったら、あなた、先々苦労するわ。
女がずっと働いていくって、頭で考えているよりはるかに大変。子供
を産むのも早いうちがいい。――まあ、もう早いとは言えないし、か
なり出遅れてはいるけれど。それでも、今ならお母さんだって元気だ

し、子育てを手伝ってあげることもできる。四十になったら、出産だって大変よ。しかも初産《ういざん》となったら」

「お前が結婚するとなったら、将来のことも考慮に入れて、この家を建て替えるなり改築、増築するなりしておくしな」

「将来のことを考慮に入れてって？」

窓子はようやく言葉を口にした。基久の言葉が引っかかって、黙ってはいられなかったのだ。

「ゆくゆくは、ここで一緒に暮らすということよ」歌うような調子で満喜子が言った。「窓ちゃんには、ぜひそういう人を探してほしいの」

餃子は三つ、麻婆豆腐は二匙《ふたさじ》食べたところで、食欲がきれいに失《う》せた。それよりも、失望と落胆が胸の内に広がっていく。窓子は憂鬱《ゆううつ》の波に、呑《の》み込まれてしまいそうな気分だった。

とにかく結婚しろ。さもなくば出ていけ——窓子にそう迫る一方で、早いうちに子供を産んで、建て替えるなり直すなりしたこの家で、ゆくゆくは一緒に暮らそう、同居しようと二人は言っている。

(だからそういう相手を選べ？)

三十過ぎの独身の娘との同居はご免だが、結婚して、子供を産み、家庭を営んでいる娘一家との同居ならば大歓迎。そうなれば、自分たちの老後の面倒を見てもらえる——。

何と自分勝手で自己都合で自分本意な要望なことか。窓子は呆《あき》れないではいられなかった。が、落胆が大きすぎて、呆れて腹を立てるだけの気力がない。口から言葉もでてこない。この人たちにとって、私はいったい何なのだろうという思いだけが、心をぼんやり流れていく。

「わかりました。それなら部屋が見つかり次第、すぐにでも家を出ていきます」

窓子も大見得切って、二人に向かって言い放ちたいところだった。言うとなれば、窓子は目を逸らさない。ちゃんと彼らの目を見て宣言する。

ところが、肝心のその宣言ができない。頭でさかんに電卓を叩いてみるのだが、どうあれ今の給料では、生活を賄っていけそうにない。都内だと、部屋を借りるだけで約十万。となると、家賃と食費、電気やガス、水道などの光熱費、それに通信費といったものだけで、恐らく一ヵ月分の給料はきれいに消えていく。三十過ぎて、貯金が一円もできない生活、時によっては貯金を切り崩さざるを得ない生活というのは痛い。そうなれば、ボーナスだけが頼りだが、残念ながら、ニチカはボーナスも一時金程度の額でしかない。

（会社も品川に移転になるっていうから、ここより都心から離れたところに住むんじゃ、通勤するのも大変だし）

契約社員時代も含めて、八年ニチカに勤め続けてこられたのは、窓子が出世欲が旺盛《おうせい》で、バリバリ仕事をしようとする野心家の女性ではなかったからだ。会社が窓子に求めていたのは、決まりきったルーティンワークだし、今求めているのも、同じくルーティンワークだ。会社の側は、それ以上のことを窓子に求めない。だから、安い給料でも文句を言わずに働くこと。それがニチカと窓子の間の暗黙の契約みたいなものだ。

（いまさらもっといい給料がほしいって言ったって）

窓子は心のなかで小さくぼやいた。

（そんなの無理。下手をしたら辞めてくれって言われるわ。こんな私だから、置いてくれているようなものなんだから）

だからといって、窓子は何ができるでない。何の資格も持っていないし、特技と言えるものもない。ニチカを辞めて、ほかに実入りがいい仕事を探そうとすることは、さらに現実的でない。

「でもさ、結婚したからって、必ずしも生活が安定するとも限らなければ、しあわせになれるとも限らないと思うし……」

何とか逃げが打てないものかと、思わず気弱な言葉を口にする。それをすかさず満喜子が一蹴《いっしゅう》する。

「そんなこと、結婚してみなければわからないでしょう。たぶん一人でいるよりマシよ」

「風見さんちの窓子ちゃん」でいるにはそろそろ限界がきていることは、窓子自身も感じていた。とはいえ、それを親の側からこんなかたちで突きつけられ、期限まで切られるとは予想していなかった。

(追い込まれた……。でも、まだ二年ちょっと猶予《ゆうよ》がある)

だが、二年なんて、たぶんあっという間だ。その証拠に、窓子はぼうっとしているうち、八年もニチカに勤め続けてしまった。それがそもそもの失敗のはじまりだったかもしれない。

(宇都宮餃子が最後通牒《つうちょう》か)

三種の餃子に目を落としながら、窓子は虚《むな》しさに似た惨《みじ》めさを味わっていた。

第二章

1

一日の仕事を終え、社屋を一歩外に出て、窓子は思わず空を見上げた。

五時、六時をまわっても、表はまだ充分に明るいという日が、ここにきて目立ってふえてきた。関東地方も梅雨にはいったと言うが、今のところ、雨の日はそう多くない。ことに今日のようによく晴れた日の夕刻は、太陽の光が残っていて、昼間かと思う明るさだ。

（もう二、三日で夏至《げし》だものね）

窓子は神田川に目をやりながら、心の内で呟いた。

（神田川も、ちょっとドブ臭いかも）

規制は厳しくなっているが、それでも多少は生活排水が流れ込むのだろう。雨の日やその翌日は、川の流れがあって気にならないが、暑くなってきて雨も降らず、流れが滞りはじめると、緑の濁りと独特の匂《にお》いが強まる。

窓子は、ＪＲ御茶ノ水駅からいつものように下りの中央線には乗らず、ひとつ先の神田駅に向かって上りの中央線に乗り込んだ。

（夏が来るんだ）

日が長くなったから、中央線のなかにいても、まだはっきりと見渡せる車窓の景色に目をやりながら窓子は思った。

（夏か。昔の夏はもっと楽しかったけどな）

今日は、桂二と外で夕飯を一緒に食べる約束をしていた。昨日メールがあったのだ。何やらややこしいプログラミングの仕事が一昨日でようやくひと息ついたとかで、今日、桂二は午後から秋葉原で趣味の品物探しをしているとのことだった。趣味の品物——電気製品やパソコンソフト、それに、窓子にはよくわからないようなアプリケーションや機械部品のことだと思う。

〈ここ二週間、夜は会社でコンビニ弁当か部屋での独食。独食は気楽でいいけど、ときたま煮詰まるね。

どう？　明日、外でご飯でも食べない？

午後は秋葉原まで出ているから、ちょっと足を延ばして御茶ノ水まで行ってもいいし。桂二〉

たしかに、桂二の好きな秋葉原と御茶ノ水は近い。だから、御茶ノ水で落ち合ってもよかったが、会社の近くというのは、何だか気が休まらないし気が抜けない。ならば、ひと駅でも離れている方がよかった。

〈窓ちゃん、秋葉原は苦手だし……だったら、神田はどう？

一時的な空き地利用だと思うんだけど、神田で屋台村みたいなのがオープンしているらしいから。

今は季節もいいから、雨が降っていなければ絶好かも。

もしも雨なら、江戸時代の終わりからあるという神田の古い居酒屋に行ってもいいし。

仕事が終わったらケイタイにメールちょうだい。神田駅東口の改札まで迎えに行く。桂二〉

何度会っても同じこと——わかっていながら、桂二の誘いに応じたのは、基久の「干支三回り限度宣言」が頭にあったせいかもしれない。いや、あれは宣言と言うより宣告だ。今のところ、窓子にほかにつき合っている相手はいない。となれば、桂二を第一候補として考えるしかない。

(第一候補？　何の？)

自分で自分に問いかける。

結婚相手としての第一候補ではない気がした。言わばこの閉塞《へいそく》状態の突破口としての第一候補というところか。

（何だかはっきりしないの）

中途半端で定まらない自分の心に、窓子は唇を歪《ゆが》めた。

神田駅東口改札で、桂二と落ち合う。桂二は、Tシャツの上にマドラスチェックのシャツという、ほぼいつもと変わりない出《い》で立《た》ちだった。たぶん、アンサンブルでセット売りしていた品ではないか。背丈は百七十二、三センチ。メタボというほどではないが、食べることが好きな人間だけに、やや太っている。髪は短めで瞼《まぶた》はひと重、眼鏡をかけている。見たところは、よくいる三十代の日本人男性といった感じ。あまり人の印象に残らないタイプだと思う。今日もだが、時々グリーンのフレームの眼鏡をかけている。それが一番の特徴かもしれない。

「で、桂さん。ほしかったもの、見つかったの？」

「うーん、まあね。もうひとつ思った通りのものじゃなかったんだけど……ま、あんなところか」

秋葉原での桂二の品物探しについては、窓子もそれ以上は尋ねなかった。下手に尋ねると、話が長くなったりやたら専門的になったりしてややこしいからだ。そうなると、桂二と過ごす時間は、窓子にとって、退屈というよりも苦痛になる。前に一度、それで窓子は懲《こ》りていた。

「ああ、あそこだ。やっているね、屋台村」やや首を伸ばし、前方を見やって桂二が言った。「へえ、結構本格的じゃない。賑《にぎ》わってる」

言った声が、窓子の耳に華やいで聞こえた。

実際、思っていたより広い面積の空き地に、いくつもの屋台やキッチンつきの車が軒を並べて、お好み焼き、アジアンフード、ピッツァ、クレープ……多国籍多種類の料理をだしている。なかには「移動居酒屋」などというのもあって、掲げているメニューは、枝豆、焼き鳥、冷奴《ひややっこ》……まさに居酒屋そのものだ。こうした食やスポットに関する情報は、今はあっという間にネットで広がる。だから、人もずいぶん集まっていた。客は自分の好きな料理や飲み物を勝手に屋台で調達してきて、屋外、もしくはテント内のテーブル席で飲み食いするというシステムだ。ものによっては、テーブルまで運んでくれる。

「わあ、ほんと、何かお祭りみたいだね。神田にこんな屋台村ができてたんだ」

自然と窓子も活気づいたようになって、かたわらの桂二に言っていた。

心の内で、今日、桂二の誘いに応じてよかったと思っていた。たぶん、半分は目新しさがもたらした感情だろう。でも、何だか自分たちのこの先の展開にも、違った局面が開けるような気がしたのだ。

「オープンエアでもいいけど、テーブルはテントのなかの方にしようか」桂二が言った。「その方が、食べ物に埃《ほこり》や虫がはいらないし、にわか雨がきても慌てなくて済む」

「そうね。そうしようか」

「じゃあ、あの席、どう?」

「いいんじゃない」

「それじゃ、順番にそれぞれ好きなものを買ってこようよ。ああ、飲み物は僕が買ってくる。窓ちゃん、まずはビール、中生でいい？」

「あ、うん」

軽く笑みを浮かべて頷《うなず》きながらも、ああ、食べるものはそれぞれ自分持ちね……と、窓子は心の内で呟いていた。飲み物のみ桂二のおごり。

窓子はホタテとイカの海鮮バーベキューとアボカドと生ハムのサラダを買ってテーブルに戻ってきた。桂二はというと、鶏《とり》のから揚げとナシゴレン、それに生クリームたっぷりのバナナクレープ。

（ナシゴレン？　いきなり炒飯《チャーハン》、ご飯もの？　それにバナナクレープって……）

「腹減っててさ。まずは腹にたまるものを食わないと、ついついあれこれ食い過ぎそうで」

「ああ」

「そうしたら、クレープの店があって。僕、大好きなんだよね、バナナクレープ」

「……でも、お酒飲むのに？」

ややや遠慮がちに窓子は尋ねた。

「ビール飲みながら生クリーム、これが結構うまいんだよ」

事実、桂二はまずはクレープをつまみに飲みはじめた。顔には満足そうな笑みがあり、目にも穏やかな輝きがある。けれども、見ている窓子はげんなりしていた。

(これだからなあ、桂さんは。唇に生クリーム……あーあ、いやんなっちゃうよ)

べつにクレープやショートケーキをつまみにビールを飲むのが好きならば好きでいい。だが、それをやるのは一人の時にしてもらいたい。見ていると、何だかまるでこっちまで生クリームを食べながらビールを飲んでいる気分になって、気持ちが悪くなる。

「うーん、これも悪くはないけど、じゃこ飯にした方がよかったかな」今度はナシゴレンを食べながら桂二が言った。「このナシゴレン、ちょっとくどめ。油で腹が膨《ふく》れそうだな。窓ちゃん、食べてみない?」

桂二の言葉に、窓子は無言のまま即座に首を横に振った。そもそも、これからビールを飲もう、酒を飲もうという時に、いきなりご飯ものを食べることが間違っている。頼んだはいいが、ご飯と油であっという間にお腹がいっぱいになりそうだからといって、それに窓子までつき合わされるのはご免だった。

「あ、そのアボカドのサラダ、ボイルエビもはいってるんだ。おいしい？」

桂二が言った。

「うん。ドレッシングもレモンがきいてててさっぱりしてる。わさびもはいってるみたい」

「へえ。ちょっともらってもいい？」

「いいよ」

箸を延ばして、上手にアボカドとエビを捕まえると、桂二がぱくりとサラダをひと口食べた。

「うん、いけるね、このサラダ。これはうまいわ。で、これ、いくらだった？」

「五百八十円」と答えながら、内心窓子はうんざりきていた。こういう時は、自分の食べたいものを頼むにしても、一緒につまめるものを頼むのがふつうだろう。同じテーブルの上に乗せたら、いちいち食べていいか悪いかと訊くものでもない。それに値段。桂二は純粋な興味から訊いているのだろうが、食べているものの値段を訊かれると、それだけでたちまち気持ちが白けるし、味までまずくなる。

（やっぱり駄目だ）

窓子は口のなかのイカを咀嚼《そしやく》しながら、心で密《ひそ》かに呟いた。

（この人と結婚するなんてあり得ない。突破口にもなりゃしない。まったく、桂さんって、ネットやメールだと結構スマートなのに、どうして実際会うとこうなんだろう。男らしくないって言うかケチ臭いって言うか……何かずれてる）

いや、桂二を基準に据えれば、ずれているのは窓子の方なのかもしれない。ただし、窓子は、かたちの上だけでも桂二に合わせている。いきなりナシゴレンというのもビールにクレープというのも本当言えば願い下げだが、桂二のチョイスに文句をつけないのはもちろんのこと、いやな顔も見せていないつもりだ。

(きっとほかの人は、ぎょっとしたりいやな顔したりするんだわ。だから桂さんも、二度三度と重ねて誘わない。私と続いているのは、私が気持ちを顔にださないから。それだけのこと)

空が開けたところに賑やかな屋台村を見た時は、お祭りかサーカスにでもやってきたかのようなはしゃいだ気分になっていた。自分と桂二の関係にも、この先違った展開が望めるのではないかと期待したりもした。が、やはりそれは間違いだった。この先も桂二との間にあるものは、「嘘《うそ》?」「何か違う」「どこかずれてる」……そうした小首を傾《かし》げるような気分でしかない。それがなくなる時は、生の桂二と会わなくなる時だ。

(やっぱりこの人はオンライン、ネット友だちだわ)

屋台村の賑わいに、浅はかな希望を抱きかけた自分自身に落胆しつつ、頬杖《ほおづえ》をつきながらビールを飲む。そんな時、窓子の耳に、聞き覚えのある女の喋《しゃべ》り声と笑い声が聞こえてきた。

（え？）

声のする方に顔を向ける。

間違いなかった。四つ五つ離れた席に、同じニチカの社員、有磯潮《ありそしお》美《み》の姿があった。

同じニチカの社員と言っても、あちらは営業統括本部副部長だ。総合職だし、営業所内においてもずっと上位にある女性社員だ。営業所長、営業統括本部長……その次だから第三位。見た目は若く見えるが、歳は、たしか四十六、七と聞いている。潮美の隣には、若い男性の姿があった。

（お洒落。うちの会社にはいないタイプ）

　夏場だが、彼は織柄のはいった襟のある黒いシャツを着ていた。面長ですきっとした顔だち、光沢のある栗色の髪……何だかつやつや光っていて、若いサラブレッドの牡馬《ぼば》でも見ているみたいだった。

（若い。あの人、私より歳下なんじゃないかしら）

「窓ちゃん、どうかした？」

　桂二に声をかけられ、われに返る。

「あ……うん。そこにうちの会社の副部長が――」

「え？　副部長？　どの人？」

「黒いシャツを着た若い男の人の隣。肩ぐらいの長さのちょっと黄色い髪をした人。わりと派手なプリントのブラウス着た……」

「え？　ああ、副部長って、女なんだ」

「うん」

「わかった、わかった。あの人ね」言ってから、桂二が小さな溜息をついた。「ブラウスだけじゃなく、本人も結構派手。それに何か弾《はじ》けてる」

　もう一度、こっそりそちらの席を振り返る。

　やはり見間違いではなかった。会社では、有磯ではなく、陰では「荒磯《あらいそ》」、もしくは「鬼女《おにおんな》」と呼ばれているやり手の営業統括本部副部長、有磯潮美が、隣の男に艶《あで》やかな笑顔を向けて、軽やかに笑いさざめいていた。

2

桂二と別れて、下りのＪＲ中央線に乗り込んでからも、屋台村で目にした潮美の輝くような笑顔を、窓子はずっと脳裏に思い浮かべてぽかんとしていた。顔だけではない。存在そのものが華やいでいるようで、何だかテーブルまでこちらよりも明るく輝いているみたいに見えた。

（参った……）

少しだけ大袈裟《おおげさ》に言うならば、窓子は夢か幻を見た後のような心地だった。

歳は少々いっているが、潮美は顔だちのはっきりとしたきれいな女だ。スタイルもいい。それは窓子も以前から認識していた。けれども、これまで窓子は潮美に〝女〟を見たことはなかった。常日頃から、着ているもの、身につけているものはお洒落だし、染めた長めの髪にも軽やかなパーマをかけ、ヘアもメイクもいつもきちんと整えている。それでいて、女っぽい感じはまるでなく、とにもかくにも潮美はきりっとしたイメージが強い。もちろん、会社でも笑うことはある。ただし、それはさくっとした切れ味のいい笑いで、今日窓子が目にしたような種類のものとは違う。いわゆる、顔は笑っていても目が笑っていないというあれだ。ところが、今夜、屋台村では、朝顔がぱっと花開いたみたいに鮮やかに笑っていた。いや、朝顔では少々地味だ。牡丹《ぼたん》みたいにと言った方がいいぐらいだった。

(嘘みたい。会社では、完璧に仕事人間だもんなあ、副部長。副部長と一緒にいた男の人も、カッコよかったなあ……)

着ているものもだが、ヘアスタイルもお洒落だった。何というカットなのかは知らないが、頭頂部から後頭部にかけて、部分的に毛を立たせた流行りのカットだ。後ろの毛足はやや長い。それで窓子も、若いサラブレッドの牡馬を連想したのかもしれない。

(栗毛……ううん、赤っぽい栗色。あの人、髪も染めてた。もしかすると、ちょっとグラデーションに染めてたかも。何にせよ、まだ若いわよ)

仮に彼が三十とすると、潮美とは十六、七、歳《とし》が違うことになる。とはいえ、あの和気藹々《あいあい》としたいかにも親しげな雰囲気、肩寄せ合うような二人の距離——どう見ても、仕事関係の相手ではないし、単なる友人、知人の類《たぐい》でもない。

（やっぱり彼氏、恋人同士よ、あの二人。あの人……美容師か何かかな。ヘアスタイルだけじゃなく、全体にセンスもよかった）

中央線に揺られながら、窓子は図らずも溜息をついた。

（鬼の荒磯、あんな顔して笑うんだ。あんな顔して笑える相手がちゃんといるんだ）

潮美は、男性社員に対しても、歯に衣《きぬ》着せずびしびしものを言うし容赦《ようしゃ》ない。だから、恐れられているし、多少煙たがられているところもある。それゆえ裏の綽名《あだな》もつく。ことに部下が下手をすると大失策につながるような凡ミスをしでかした時、潮美は実に手厳しい。

「これ、最後にもう一回、数字のチェックさえしてたら、起こらない種類のミスだよね。どうしてそれを怠るかな。数字、それが一番肝心なことだよね。営業マンなんだから。これ、先方に提出してしまったら、『すみません、ここの部分の数字、間違ってました』で済むことじゃないよ。うちは最低一回は、この価格で納品しなくちゃならなくなる。ぬるいんだよ、やってることが」

こういう時も、ただ「すみません」と頭を下げているだけでは、潮美は勘弁しないし解放もしない。

「次回から必ず数字の再確認、最終チェックをして、間違いのないようにします」「今後は複数の人間の目でチェックし合うような態勢で臨みます」……何かしら問題改善につながるような種類の言葉がその人間の口からでないことには、潮美は納得しないし許さない。

ほかの社員の面前で「ぬるいんだよ」とやられてしまった男性社員はかたなしだが、周囲は自分もそんな目には遭いたくないから、自然と数字に気をつけるようになる。凡ミスはすまいと心がけるようになる。

それに潮美は、上に阿《おもね》り下に厳しいという上司ではない。上に対しても、はたで聞いているこちらがどきっとするぐらいはっきりものを言う。そこが潮美のいいところだし、「鬼女」「荒磯」と言われながらも、本当には部下たちに嫌われずにいる一番の理由ではないか。

いつだったか、静岡本社から仙台営業所をまわった足で、専務の飯《いい》塚《づか》隼人《はやと》が東京営業所にやってきたことがあった。大きな商談があって、どうしても専務の同行が必要だったのだ。が、潮美は飯塚の姿を見るなり眉を顰《ひそ》めた。

「専務、これから大事な商談なんですよ。なのに何ですか、そのスーツは。背中が皺《しわ》くちゃ」

「ああ、新幹線での移動続きだったもんだから……」

「それにしたって……。うちは〝美〟を売っている会社ですよ。そこの専務がそのスーツじゃ」

言うや否や、潮美は飯塚のスーツを脱がせにかかった。まるで追い剝《は》ぎみたいな勢いだった。

「すぐにアイロンかけます。でないとみっともなくて。本当はズボンもかけたいところなんだけど……。専務、替えのスーツぐらい、持って歩くか置いておくようにしたらいかがです？　――あ、洗面所の場所はご存じですよね。ネクタイの歪みと頭の寝癖は自分で直しておいてください」

専務の飯塚は何も言い返すことができず、「有磯君には敵《かな》わないな」と苦笑いをして素直に洗面所に向かった。

専務に対してもそれなのだから、当然営業統括本部長や営業所長に対しても同様で、彼らが大事な書類をデスクの上に開きっ放しにしたまま、ちょっと席をはずしていたりすると、潮美はあたりに響き渡るような声で言い放つ。

「誰ですか。重要書類をデスクの上に置きっ放しにして席を離れてるのは。これじゃ外部の人がきたら丸見えだわ。まったく。マーカーのキャップもはずしっ放し」

書類が置かれていたのは、まさに本部長のデスクなのだから、あえて誰かと問うまでもない。が、潮美にそう言われて、本部長が「あ、私です。すみません」と慌てた様子でデスクに戻ってきたのには、窓子も思わず笑ってしまった。

伝法《でんぽう》と言ったらいいのか、言葉も荒めならば手加減もないが、潮美は裏表がまるでない。見ていて窓子は、ああいうのを竹を割ったような性格と言うのだろうと思ったりしていた。また、人に厳しく言うだけあって、仕事は人の一・五倍はこなすし、正確で抜かりない。外に出ていることが多い本部長よりも、営業所内部への目配りもきいている。実務能力は、たぶん本部長より潮美の方が上だ。

人に何だかんだと注文をつけるだけではなく、それ以上に自分がしっかりやっているから、誰も潮美に文句をつけることができない。陰で「荒磯」「鬼女」と言いながら、みんなちゃんと評価している。時には、こちらが上司に言いたいと思っていたことをずばりと言ってくれるから、窓子も潮美が嫌いでない。好きと言ってもいいぐらいだが、潮美が直属の上司となると、話はまたべつかもしれない。何だか一日の緊張感が今よりぐんと増して、その分くたびれそうな感じがする。

「あの人の場合、仕事が恋人って言うか生き甲斐《がい》だし、すべてなんだと私は思うな」

前に豊島《とよしま》あゆみが言っていた。販売一課の窓子の同僚だ。

「だって、副部長は篠崎課長なんかと違って、あの歳で結婚もしてないでしょ？　結婚願望なんて毛ほどもなさそうな感じだし。仕事一途《いちず》なのよ。だからあそこまでやれる。ふつうは無理よ」

あゆみに限った話ではなく、社の人間はみんなそう見ているのではないか。窓子も今日の今日までそうだった。ところが――。

仕事も男性社員以上だが、私生活も破格、充実しきっているというのが、どうやら実際のところのようだ。もちろん、もともとの性格や性分もあるだろう。けれども、潮美が社内であれだけ自信を持ってものを言えるのも、思い切って振る舞えるのも、充実した私生活という裏付けあってのこと――。

（副部長、あの人と結婚するのかな）

電車に揺られながら窓子は思った。

（それはないか。何せあの歳の差だものね。……でも、副部長にはそんなことも関係ないのかも）

そんなこと――歳の差のことだ。いや、潮美にとっては、結婚云々《うんぬん》ということ自体が、どうでもいいことなのかもしれない。だから、今まで一度も結婚することなく一人できた。今日窓子が目にした男性は、年齢から言ってここ数年のパートナーだろうが、これまでも潮美は、きっといくつもの恋愛を通り過ぎてきたのに違いない。

（それにひきかえ……）

窓子は、桂二の顔を思い浮かべた。生クリームを唇にくっつけて、目を細めてビールを飲んでいた桂二の顔だ。不機嫌な仏頂面を見せられるよりはマシとはいえ、ああも無防備に間延びしたような顔を見せられると、あえて掻き立てようとしている恋心だってたちまちにして醒《さ》めてしまう。話題も結局、食べ物のこと、同じ独食会のネット友だちのこと、飼っているハムスターのこと……会話が途切れることはなかったものの、盛り上がりには完璧に欠けた。潮美たちのテーブルの輝きに比べれば、雨降り前の曇り空かたそがれ時といったところで、地味に翳《かげ》って沈んでいた。

たった一度だけだが、桂二とホテルに行ったこともある。でも、やはり今夜と同じように途中で白けて、中だるみしてだらだら話をしているうちに、「もうこんな時刻だし、そろそろ帰ろうか」ということになって、そのままホテルを出た。情けない結末だが、一線を越えずに済んだことに、正直窓子もほっとしていた。以来、桂二とホテルに行くことはない。向こうもあえて誘ってこない。それなのに、今夜のように時々会っているというのが、逆にいんちき臭いし嘘っぽい。

「はーあ」

思わず声にだして言ってしまってから、素早く周囲を見まわし、慌てて唇を引き結んだ。

「次は阿佐ヶ谷《あさがや》、阿佐ヶ谷でございます。ネクストステショーン イズ アサガヤ……」

車内アナウンスを耳にして、窓子は自分が降りるべき高円寺駅をひとつ先まで乗り過ごしつつあることに気がついた。

(はーあ)

今度は声にはならない溜息を、窓子は心のなかで漏らした。

3

屋台村で潮美を見かけて以来、チラ見はよくないと思いつつ、社内にあってもつい窓子は、潮美に目を向けてしまうようになった。潮美の常とは異なる顔を目撃しただけに、職場でもちらりとでいいからああいう顔を見せやしないものかと、自然と彼女の様子を窺《うかが》ってしまうのだ。とにかく潮美のことが気にかかる。

屋台村で見かけた翌日も、当然ながら潮美の様子に常と何ら変わりはなく、隙のない出で立ちとメイクで、いつものようにきびきびと精力的に仕事をこなしていた。

「副部長って、今年いくつだったたっけ？」

窓子は、豊島あゆみにさり気なく確認してみた。

やはり潮美は当年とって四十七歳だった。副部長になったのは、たしか三、四年前のことだった。大きな会社ではないとはいえ、四十五になる前に女性で副部長の席に就いたのだから、言うまでもなく出世コースだ。五十を過ぎたら本部長になるかもしれない。窓子にはまるで考えられない展開だ。

（それだけ仕事をしているのに、外でもバリバリ？……）

三十三歳、窓子は潮美より十四歳も若いのだ。仕事の方はいまひとつでも、自分にも、もう少し華やいだ私生活があってもいいのではないか。なのに全然負けている。公私ともに、見事なまでに華がない。考えだすと、行き着く先は、結局のところ溜息——。

窓子はちらちら潮美を見ているが、潮美の目はひたすら仕事に向けられていて、窓子などまったく眼中になしといった様子だ。同じ晩、屋台村に窓子が偶然居合わせたことも、恐らく潮美の側は気づいていなかったのだろう。何せ窓子たちのテーブルはいたって地味に翳っていた。いかに席が近かったとはいえ、自分たちのテーブルがあれだけ煌々《こうこう》としていたら、よその薄暗いテーブルなど目にはいるまい。それに潮美は、屋台村には長い時間いなかった。少し経ってから、窓子がそっと振り向いてみた時、二人の姿はもうなかった。屋台村にいたのは、一時間ちょっとというところか。恐らく雰囲気だけを楽しむと、彼らはすいと河岸《かし》を変えたのだ。潮美と男性の姿が消えているのに気づいた時、窓子は頷くような気持ちで納得した。そうよね、それが大人の飲み方よね。ここは長居をするところじゃない――。

（公私ともに充実……結婚はしていなくても、副部長の生き方、意外と現代女性の王道だったりして）

チラ見をしながら思わないでもなかったが、潮美を羨み、心で陰気な溜息を漏らしている場合ではなかった。基久の「干支三回り限度宣言」がある。窓子としても、ここらで一発逆転、起死回生の展開を睨《にら》んだ布石《ふせき》を打っておかなくてはならない。とはいえ、桂二は手駒《てごま》にも何にもならないとわかった。したがって、残念ながら窓子には、手駒もなければ策もない。となれば、とりあえずは日々会社に通って、粛々と仕事をこなすしかないというのが現実だ。

（何が起死回生だか）

パソコン画面に目を向けて、指でキーボードを叩きながら心でぼやいた。起死回生というのは、元はいい状態にあった人が、不遇から一気に復活することを言うような気がした。ところが、そもそも窓子には、そのいい状態というのがなかった。佳樹とのことは……元と言うには遠すぎる。十年も前のこととなれば遠い過去、もはや完全に思い出の域だ。

(十年も前じゃ戻りようがない。きっと佳樹は私のことなんか忘れてる。とっくに結婚しちゃったかもしれないし)

その時、背後から誰かに肩を指でちょんちょんと突っつかれて、窓子は斜め後ろ左上に首を振り向かせた。表情をとり繕っている暇がなかったから、虚ろで湿気《しけ》た顔をしていたと思う。

振り返ってみて、一瞬心臓がどきりとなる。そこには潮美の顔があった。潮美はにこやかに笑っていた。ただし、屋台村で見た笑顔とは違う。言わば職場スマイル、営業スマイル――口角をきゅっと持ち上げて、頬と唇で笑っていた。

「忙しい？」

窓子の瞳をしっかり覗き込みながら潮美が言った。しかし、笑顔は崩していない。

「どう？　風見さん、たまには一緒にランチでも？」

「あ、はい」

反射的に答えてしまってから時計を見る。午前十一時四十五分。

窓子の返事を聞くや否や、潮美は課長の篠崎苑江に向かって声をかけた。

「篠崎さーん。風見さん、一時間半ばかり借りていくよ。遅くとも一時二十分か三十分までには返す。いい？」

いかにも潮美らしい言いように、苑江はゆるく頰笑《ほほえ》んで応じた。

「了解です」

(何で？　何で副部長が私とランチ？)

突然のことにいささか動転しつつ、窓子は慌てて外に出る支度を整えながら思った。

(たまにはって、私が副部長と二人でランチしたことなんかあった？……なかったわよ。それがどうして？)

自らに問いかけながらも、窓子も半分は何となくわかっていた。知らん顔をしてはいたが、潮美はこのところ自分に投げかけられてくる窓子の視線を、実は感じていたのだと思う。そのうちに、あの晩、屋台村にいたのは窓子ではなかったかと気がついた。それでランチの誘いをかけてみた――。

（だからって、ランチしながら何の話をしようっていうの？　まさか副部長が歳下の彼氏の惚気《のろけ》話なんかするはずがないし……。口止め？　それも副部長らしくない）

社屋を出て、潮美につき従うようにして歩きはじめてからも、窓子はあれこれ頭で考え続けていたし、正直、困惑していた。どうあれ、潮美と二人で話すような話題はない。仮に仕事の話としても、窓子は潮美と対等に話せるような立場にはない。まさにルーティン、窓子は毎日パソコンに向かって、百年一日の如《ごと》く決まった通りに入力作業をしているだけだ。いやだ、困った。どうしよう——。

かたや潮美は、「さーて、何を食べようかな」などと言いつつも、まったく迷いの感じられない足取りでぐんぐん通りを進んでいく。どうやら行く店ははじめから決めていたらしい。その証拠に、潮美はいきなりビルの地下へとすたすた階段を降りていった。

「ここ、穴場って言うか隠れ家みたいな店」階段を降りながら潮美が言った。「うちの社の人間は知らないから」

西洋蔵のような造りの小洒落た店だった。日替わりで五種類のプレートをだしていて、ツープレートにサラダかデザートというのが、店のランチスタイルだという。つまり、五種類のなかから自分で二つの皿を選べるし、サラダかデザートかもチョイスできる。思えば、ある時期から、プレートランチが流行《はや》りだした。今では、ずいぶんあちこちの店でやっている。

「ただし、飲み物はべつね」潮美が言った。「で、風見さん、何を飲む？」

「あ……じゃあ、私はアイスコーヒーを」

「OK、アイスコーヒーね。私は……そうね、アイスティーにしようかな」

潮美はピラフとハンバーグのプレートとサラダを、窓子は冷製パスタと白身魚のソテーのプレートにサラダを、それぞれ注文した。

「プレートだ何だって恰好つけて言ってるけど、早い話が、まあ、給食みたいなものよね」運ばれてきた皿を見て潮美は言った。「多少選択肢があるというだけで」

「給食――」

「これはこれで商売しやすいんだと思うよ。炭水化物二種類におかず三品――用意する店の側としては楽勝だね」

小洒落た店でスタイリッシュな皿でだされるから納得する。けれども、潮美に言われてみると、たしかに「選択給食」と言えないこともない。ふうん、と頷くような思いでプレートに目を落としながらナイフとフォークを静かに手に取る。

「ところで」スプーンを動かしながら潮美が言った。「この間の晩、屋台村で会ったね」

「あ」

後づけだとは思う。が、やはり潮美は気がついたのだ。

「ねえ、一緒にいたの、あれ、彼氏？」

潮美から先に問われて、窓子は即座に「いいえ」と首を横に振った。

いくらかむきになって首を横に振っていたと言う方が正しい。あれを彼氏と思われるのは心外だった。

「違います」続けて窓子は言った。「ただのネット友だちです」

「ネット友だち——風見さん、今、いくつだっけ？」

「三十三です。この秋、四になりますけど」

窓子もフォークを動かしながら答えた。

「三十代の男女がネット友だち……それって、いまどきの三十代の男女のありようとしては健全なのかしら？　それとも不健全なのかしら？」

「さあ……」

どちらとも言えないような気がして、窓子は心持ち首を傾げた。

ネットを介して知り合って、そこで意気投合して盛り上がって、生で会ってみてもビンゴというのであれば言うことはあるまい。でも、なかなかそうはいかないのが現実だし、ただのネット友だちのまま、ずっとつき合い続けていくというのもアリのような気がする。男女の仲にならなくても、生で会うことはほとんどなくても、それはそれでやはり必要な友だちだ。べつに男性に限った話でなく、窓子にはそういう女性のネット友だちもいる。そもそも窓子は、男性との出逢いを求めて、ｗａｘに参加した訳ではない。もちろん、ケイタイでも出会い系はやっていない。そうまでして男性と出逢いたいと思っていないからだ。

「風見さん、結婚、する気ないの？」

ハンバーグを食べながら、唐突に潮美が言った。

「え？」

「結婚。今年、三十四になるんでしょ？　しないの、結婚？」

いきなりど真ん中に直球を投げ込まれて、一瞬窓子は目をぱちくりとさせる思いだった。が、潮美の言いようは、いたってさっぱりとしていて、デリケートな問題を口にしているという意識は少しも窺われない。それだからか、気づくと窓子も副部長にという意識なく、ふつうに潮美に言っていた。

「そんな。私だって、結婚したいと思う気持ちはありますよ。でも、こればっかりは、やっぱりご縁の問題と言うか……。だけど、それを副部長から訊かれるとは思わなかったなあ」

言うと、潮美が「あはは」と破顔した。その屈託のない笑顔のまま、潮美が窓子に言う。

「そうかな。私がそういうことを訊くとおかしいかな」

屋台村で見たのとは違う。けれども、職場スマイルでも営業スマイルでも作り笑いでもない、掛け値なしの笑顔だった。そのことにちょっぴり安堵《あんど》する。

「いえ、でも……」やや歯切れが悪くなりながら窓子は言った。「だって副部長、ご自分が結婚してらっしゃらないじゃないですか。もちろん、副部長と私では、やっている仕事の質と内容も、仕事に臨む姿勢も、何もかも全然違いますけど」

「勢いよ、勢い――いや、ちょっと違うか。そうねえ、まあ、言わばものの弾みみたいなものかな」

「え？」

「私もね、長年つき合っている人はいるのよ。だけど、その人とはちょっと結婚できない事情があってね。それで私は結婚し損なった訳よ。となれば、後は仕事するしかないじゃない。違う？」

「……」

「私の場合は、だから仕事に邁進《まいしん》した訳で」

窓子の脳裏に、屋台村で見た若い男の顔と姿が甦《よみがえ》った。

長年つき合っている？　その人とは結婚できない事情があって結婚し損なった？　後は仕事するしかない？……　潮美が言っているのは、過去から現在に至る十年とか十五年とかいう、長い時間のことではあるまいか。だとすると、あの晩の男性とは像が重ならない。窓子はやや混乱した。もしもあの晩の男性だったら、結婚し損なったとか後は仕事をするしかないとか、そういう発言にはならないだろう。第一、仮に彼を十五も若返らせたら十代だ。結婚どころか、下手をすれば淫《いん》行《こう》になりかねない。

「ああ、あの時一緒にいた彼？」察したように、あっさりとした口調で潮美が言った。「あれも彼氏。あれとはまたべつにさ」

「えっ。それじゃ副部長、二股《ふたまた》かけてるんですか」

「ちょっと」窓子の問いに、潮美は一瞬前のめりになって、吹きだしそうになってから、いくらか眉を顰めて言った。「やめてよ。この歳で二股もないもんでしょうよ」

「だって、今の話じゃ二人の男性と――」

「まあ、追い追い話していくけれど、結婚し損なった彼は彼、この間の彼は彼、そういうことなのよ。並立してるの。べつにどっちにも隠してないし」

「やっぱり二股じゃないですか」

「あれ？　そういうのも二股って言うの？」

案の定――窓子は心で呟いていた。潮美が社内であれだけ自信に満ちて振る舞えるのは、背後に充実した私生活があってのことと想像はしていたものの、やはり潮美は、事実私生活もバリバリだったという訳だ。

合点がいった思いになりながら、一方で窓子は首を傾げる思いでもあった。副部長は、そんな私的なことをどうして私に？――。

「ん？　どうかした？」

口のなかのものを咀嚼《そしやく》しながら潮美が言う。

「あ、いえ」小さく首を横に振ってから、窓子は潮美の顔を見て言った。「でも、この話、オフレコって言うか、マル秘ですよね。それをどうして私にって思ったものですから」

「オフレコにマル秘――風見さん、古いねえ」潮美は、小鼻の付け根に皺《しわ》を寄せるような顔をして苦笑してみせた。「べつにオフレコでもマル秘でもないわよ。ただ、会社で仕事をするに当たっては、邪魔だし必要ないことだっていうだけで。男性社員なんか、私のそういう私生活の話を聞いただけで、気持ち悪くなるかもしれないし」

「そんなことは――」

言ってから、まだ答えを聞いていないと窓子は思った。「どうして私に？」という問いに対する答えだ。

「ああ」潮美が小さく二度頷いた。「屋台村で風見さんを見かけた時、後ろから見ていて、あなた、何だか楽しそうじゃなかった。それで、あれから気になってたのよ」

「えっ？　副部長、あの時点でもう私に気がついてらしたんですか」

「もちろん」

潮美がしっかりと頷いた。

「私、楽しそうじゃありませんでした？」

「うん、全然」

今度は窓子の目を見ずに、プレートに視線を落として潮美が頷く。

さもありなんという思いで、窓子はアイスコーヒーをストローで啜《すす》った。

「でもまあ、彼氏じゃないって聞いて、ちょっと安心したって言うか、納得したけど」

「え？」

「だって、彼氏とのデートなのにあのテンションの低さだとすると、それってあんまり哀《かな》しくない？」

これもまた、たしかに、という思いだった。

「で、以来、風見さんっていくつだったたっけ、入社して何年目だったっけ……なんて気になりはじめて。だったらこの際、一度話してみるのもいいかなって思った訳」

「それで今日ランチに――」

「そういうこと」潮美がにっこりと笑った。「まあ、本日は前段よ。風見さんさえよかったら、今度はランチじゃなくて、夜、お酒でも飲みながらゆっくり話しましょ。――ああ、これは強制でもなければ上司命令でもないわよ。すべては風見さん次第、あなたさえよければという話」

「それはもちろん喜んで」そう言って頷いてしまってから、窓子は改めて潮美の顔に目を据え直した。「でも、どうして私と？……」

潮美が再びさくりと破顔した。本当におかしそうな顔であり、楽しそうな笑顔だった。

「あなたって、さっきからそればかりね。言ったじゃない。あなたのことが気になりはじめたって」

「だけど……」

「それが出逢いとか縁とかいうものなんじゃないの？」

出逢い——だが、窓子は八年ニチカにいる。むろん、潮美にも八年前に出逢っている。正直、それがどうして八年経った今ここで？……という思いだった。

「あら？　同じ日本、同じ東京で暮らしていたって、毎日同じ通勤電車に乗り合わせていたって、出逢わない人とは出逢わない。縁のない人とは一生行きずりのまま。そういうものじゃない？」どうということもなさそうな口調で潮美が言った。「私の勘違いか錯覚かもしれない。でも、屋台村でたまたま風見さんと居合わせた晩、私は何となくあなたと縁ができたような、糸がつながったような、そんな感じがしたのよね」

縁、八年めの出逢い——自分でもどうしてだかわからない。だが、窓子は、妙に楽しい気持ちになりつつあった。それこそ思い違いか錯覚かもしれない。けれども、無策、手詰まり、八方塞《ふさ》がり……そんなふうにしか思えなかった自分の眼前が、わずかとはいえ、開けた心地がしたのだ。――そんなのは、やっぱり錯覚か。

「ううん、それだけじゃないかも。もしかすると、私も少しは余裕ができたのかな」続けて潮美が言った。「会社は仕事をする場所だし、私もずっとそういう人間関係しか作ってこなかった。でも、たまには違った人間関係があってもいいかな、なんて」

「違った人間関係」

「うん」

潮美が笑みを浮かべて頷いた。たしかに余裕を感じさせる笑みであり、大人の女の顔をしていた。

4

「リソさん」「ザミちゃん」――もちろん、会社の外だ。とはいえ、よもや鬼の副部長、「鬼女」「荒磯」とも言われている潮美と、そう呼び合う関係になろうとは、窓子も思ってもみなかった。しかも、発音としては、若い子の「カレシ」「カノジョ」みたいな、フラットの「リソさん」「ザミちゃん」だ。

「ねえ、風見さん。その『副部長、副部長』っていうの、何とかしてくれない？」

外で一緒に酒を飲んだり食事をしたりするようになってから、潮美が窓子に言ったのだ。「副部長」と呼ばれると、何だかまだ会社にいるようで、どうもくつろいだ気分になれない。楽しくない――。

「それに、その『副部長』を私の行きつけの店でやられると、そのうちみんな面白がって、私のことを『副部長』って呼びだしそうで……。まあねえ、いきなり『潮美さん』『窓子ちゃん』でもないだろうけど。かといって、苗字《みようじ》っていうのもなあ」

それで、「ありそ」の「りそ」を取って「リソさん」、「かざみ」の「ざみ」を取って「ザミちゃん」となった。そういうことに取り決めたのだ。最初のうち、窓子は潮美を「リソさん」と呼ぶことにも抵抗があった。が、呼びはじめてしまうと何とかなるものだということもわかった。現実というのはそういうものらしい。潮美から「ザミちゃん」と呼ばれることにも、窓子はわりあいすぐに馴染《なじ》んだ。もう違和感はない。慣れもあるだろうが、ひとつには、潮美の人柄ということがあるのではないか。

プライベートで会うようになってみてよりよくわかった。たしかに潮美は仕事に厳しいし、部下に対しても手厳しい。けれども、べつに「鬼女」ではない。誰に対しても別け隔《わへだ》てなく率直にものを言うし、言葉を飾ることもしないというだけのことだ。だからこそ、言われる方にしてみれば時に痛い。しかし、身近で接してみると、潮美は、卒直と言うより気さくと言うにふさわしい女性だった。「荒磯」と言うのはちょっぴり当たっているかもしれないが。

外で「リソさん」「ザミちゃん」と呼び合っている時は、潮美も会社とは違った顔を窓子に見せる。けれども、それは屋台村で歳下の若い彼氏、――三村浩平《みむらこうへい》というそうだが、彼に見せていた顔ともまた異なる。もう少し男性的……いや、それともちょっと違って、言うなれば、砕けて気取りのない姐《あね》さんといったところか。加えて言えば、ややがらっぱち。江戸っ子の姐さんというのが一番近い表現かもしれない。それもそのはず、聞けば潮美は、台東区三ノ輪《たいとうくみのわ》生まれの江戸っ子で、家は三ノ輪で「磯家《いそや》」という食堂兼居酒屋みたいな飲食店をやっているのだという。潮美は、今も実家の「磯家」から会社に通っている。

「三ノ輪、知ってる？　台東区だけど、もう荒川区《あらかわく》との際《きわ》ね。今でもチンチン電車が走ってる。つまり私は、完全な下町の江戸っ子よ」潮美は言った。「じいちゃんの代までは、リヤカーで魚を売り歩いてた。

一心太助じゃないけれど、もともと江戸の魚売りだったんじゃないのかな。棒手《ぼて》振りね。天秤棒《てんびんぼう》担いでさ」

それを聞いて、窓子にも潮美という人間が見えたし、潮美独特の派手さにも納得がいった。潮美はお洒落だが、それはスタイリッシュとか洗練されたとかいうのとはまたべつの種類のお洒落さだ。いつだって、自分好みの陽気な派手さが基軸にある。だから、ブランドや流行りは関係ない。メイクにしても同様だ。

「地元の中学の同級生に多田慎太郎《ただしんたろう》っていうのがいてさ、私はそれと結婚するはずだったのよ」

潮美は窓子に言った。

「あ、その多田慎太郎さんっていう人が、今もリソさんがつき合ってはいるけど、結婚できない事情があるっていう人ですか」

「そうそう」

何せ中学からだ。長くつき合いすぎたし、お互いのことから家のことから……何から何まで知っていすぎた。飽きと緩みがでたとでも言ったらいいか、大学を卒業して社会にでた頃、一時期二人の間に真空の時期のようなものが訪れた。その真空の時期に、慎太郎は突然結婚してしまった。

「え？　べつの人と結婚しちゃったんですか」

「うん。べつもいいとこ。山の手のお嬢様って感じの人と恋に落ちてたちまち結婚。あれにはさすがに私も驚いた」

が、潮美は、どうせ二人はじきに破綻《はたん》するだろうと思っていた。だから、焦りもなければ、失恋の痛手のようなものもとりたてなかった。

「だって、二人、あんまり違いすぎるもの。いつか慎太郎は息が詰まるし、向こうは下町育ちの彼に愛想を尽かすと思った。あれは、慎太郎と奥さんにしてみれば〝魔が差した〟、私にしてみれば〝隙を突かれた〟、そんなところだったわね。まあ、早い話が間違いよ」

案の定と言うべきか、夫婦はほんの数年で破綻した。ただし、彼らの間には結婚後間もなく授かった娘がいた。

「事実上は離婚状態よ。でも、慎太郎は娘が高校に上がるまで、正式に離婚することを許されなかった」潮美は窓子に言った。「おまけに、悪いことにこの娘に、いろいろと才能があってねえ」

「才能？　何の才能ですか」

「一番は音楽かな。それにバレエ、美術……いろいろと。とにかくヨーロッパ的だしヨーロッパ志向なのよ」

「あれ？　それって、悪いことなんですか」

「私と慎太郎にとってはね。何しろお金がかかるもの」

娘は子供の頃から、ピアノ、声楽、バレエに絵画……それぞれ高名な先生について習っていた。バレエでは、一時期イギリス留学もした。彼女としては、バレエも捨て難かったようだが、結果的には音楽の道を選び、音大へと進んだ。が、娘は大学を休学しては、ヨーロッパ留学を繰り返す。今もまだその途上にある。娘の教育に関する費用は慎太郎持ちというのが、夫婦の間の約束ごとだ。したがって、未だに慎太郎は娘の学費を捻出《ねんしゅつ》するのに汲々《きゅうきゅう》としている。

「本当は、そろそろ大学を卒業していい頃なんだけど、まだ三年生」

「ピアノと声楽って言いましたよね？　その娘さん、ピアニストになるんですか、それとも声楽家に？」

「コンポーザーだってさ」

半分投げだすような調子で潮美が言った。

「コンポーザー……」

「クラシックの作曲家よ」

「クラシックって――」窓子はなかばぽかんとなりながら潮美に尋ねた。「それ、バッハとかベートーベンとかチャイコフスキーとかですよね？　十八世紀か十九世紀の音楽。現代人がなれるものなんですか」

「そうか。言い方が違うか」心持ち眉を寄せ、悩ましげな表情を作って潮美が言った。「つまりさ、大河ドラマのテーマ曲を作曲するような。そういう類の音楽の作曲家」

「ああ」何となく想像がついて、窓子は大きく頷いた。「オーケストラで演奏するような」

「そうそう、それ。何でも今は、現代オペラの作曲がしたいとかで、しょっちゅうイタリアやオーストリアに行っているわ。モーツァルトでもなければビゼーでもワーグナーでもない現代オペラ。つまりは新作」

「新作の現代オペラの作曲。で、イタリア、オーストリア。それはお金がかかるわ」

溜息半分に窓子は言った。深遠すぎて、想像がつかないような気分でもあった。

「ザミちゃん、そのお金っていったら、半端じゃないんだから。慎太郎がジャパンＩＴＥＣっていう一流企業勤めだから何とかなっているものの、あれは定年まで脛《すね》を齧《かじ》られ続けるわね。後には何も残らない」

今は正式に離婚していて独身だ。けれども、慎太郎は未だにヒモつき、しかもそのヒモの先には重たすぎるぐらいに重たい錨《いかり》がついている。

「その娘の最大の悩みって何だと思う？」

テーブルに肘《ひじ》を突き、指でつまんだイカの一夜干しを前歯で噛みながら潮美が言った。忌《い》ま忌ましげな顔に見えた。

「悩み……私には想像もつきませんけど」

「日本人であることだってさ」

「え？」

「日本人である自分に本当に西洋音楽が究《きわ》められるか、オペラの作曲ができるか——つまりは、血と血のなかの文化の問題。それが彼女の最大の悩みなんだって」

「すごすぎる。ついていけない」

「でしょ？　高尚すぎて疲れちゃう」

子はかすがいと言うが、潮美にとってはその娘が、かすがいではなくまさに障害になったという訳だ。夫婦の間が早晩駄目になるだろうことは見えていたし、事実壊れた。いつか元の道筋に戻るように、自分は慎太郎と結婚することになるのだろうと思っていた。ところが、いっこうにそうならない。娘という重石《おもし》がいつまで経っても取れないからだ。

「結婚できないならできないと、早いうちにはっきりわかっていた方がよかったのよ。そうしたら私も、たぶんべつの人と結婚していた」

潮美は言った。「いつか、いつかと思ってずるずるしているうち、私は結婚し損なっちゃった。馬鹿みたい」

ある時期、自分は慎太郎ともだが、誰とも結婚できないのではないかという予感はしたのだという。予測が立ったと言うべきかもしれない。それで、この先拠《よ》って立つところは仕事と、潮美は総合職への転換試験を受けて、総合職に転換した。

「えっ。副部……いえ、リソさん、最初から総合職で入社したんじゃないんですか」

「違うわよ。だって、私が入社した時は、そんな区分けなんかなかったもの。男女雇用機会均等法が施行されて、総合職と一般職ができたのは、私が入社して二、三年が経った頃じゃなかったかなあ。だから、私も三十のラインがぼんやり向こうに見えたあたりで、転換試験を受けたのよ。たしか二十七か八だった」

歳が十四違えば時代も違う。とはいえ、潮美がもともと総合職ではなかったというのは、窓子からすれば大いに意外だった。それでこの仕事ぶり、この出世――。

「でも、リソさん、今も慎太郎さんとおつき合いなさっているんですよね？」

「慎太郎、三ノ輪に帰ってきてるからね。よその店に食べに行くお金もないから、しょっちゅううちでご飯食べてるわ」

家に帰ると「磯家」で慎太郎が飲み食いしている――そういう状態が、この七、八年続いているという。

「そうなるともう色恋じゃない。身内みたいなものね。あいつもいい加減たそがれちゃったし、一緒にいても、こっちも全然気持ちが華やがない」

「それで歳下の彼氏――」

「ああ、あれは出会い頭《がしら》の事故みたいなもの。歳は離れてるけど、浩平とは気が合うのよ。二人でどこに行っても楽しいし、あっちも歳のことはあんまり気にしてない。だからつき合ってる」

「浩平さんとは、結婚しないんですか」

窓子の問いかけに、「まさか！」と潮美は目を剝いた。

「どうして？　歳が離れているからですか」

「簡単に言っちゃうとそうだけど、そのひと言では語れないものがあるのよねえ」

「たとえば？」

「それはまたいずれ話す」

潮美は唇を引き結び、ちょっと肩を竦《すく》めた。意識的に作ったような表情であり、仕種《しぐさ》だった。

「それよりザミちゃん、あなたのこと」

「え？」

「慎太郎の娘が圧倒的な存在感を持つ壁になったからっていう訳じゃないけど、私、つくづく思うのよ。ああ、私も若いうちに子供だけは産んでおいたらよかったなあ、って。私の場合は、女の子じゃなく男の子ね。今、中学生か高校生ぐらいになってたら、どんなにいいだろうと思ったりするわ。男って、やっぱり女にはない機動力があるからね。ほんと、それだけは私、失敗したなと思うわよ」

「そういうものでしょうか」

「そうよ。ほかのことは取り返しがつく。私だって、今からでも結婚しようと思ったら結婚できる。でも、子供だけはねえ……」

「無理ですか」

「無理、無理」

潮美は即座に鋭く首を横に振った。頭から虫でも叩き落とそうとするような勢いだった。

「だから、ザミちゃんのことが気になったのかもしれない」

「え？」

「あなた、今なら間に合うもの。あなたが会社でまじめに仕事しているのは、私も見ていて知っている。でも、仕事に懸けてはいないでしょ？」

「……」

ぐうの音もでなかった。もちろん、窓子は仕事に懸けていない。かといって、ほかに何があるでもない。潮美のような長年にわたる男女間のドラマもなければ、一緒にいて気持ちが浮き立ってくるような恋人もいない。今のうちに子供を作っておけと言われても、一人で子供は作れない。肝心の相手がいないのだから話にならないし、たとえ子供だけ授かったとしても、食べていけないし、食べさせてもいけない。

「駄目なんですよ、私」

気弱な調子で窓子は言った。おのずと表情も曇っていた。

「全然生活力ないし。きっと結婚もできないと思います。だから、八方塞がりって言うか、お先真っ暗って言うか……」

「大丈夫よ」

闇髪《かんぱつ》を容《い》れずといった感じで潮美が言った。請け合うような力強い口調だった。思わず潮美の顔を見る。

「大丈夫だって」もう一度、同じような口調と勢いで潮美が言った。

「八方塞がりでもなければお先真っ暗でもない。ここからが勝負よ」

「本当にそう思います？」

「思うわよ。何なら私、応援するし」

「えっ」

「大丈夫。私がついてる。何とかなるって」

少々誇張して言うならば、窓子は百万の味方を得たような気分だった。——いや、百万はやはり大袈裟すぎる。百人力といったところか。

潮美には、窓子にそう感じさせるだけの活力と行動力があった。存在感もだ。

（タレントも、こんなふうに所属事務所の社長やマネージャーに励まされて、だんだんその気になっていくものなのかな……）

潮美の言葉に力づけられながら、窓子は頭で自分の現実とはかけ離れた想像を馳《は》せたりしていた。

5

〝梅雨のはざま　晴れるか晴れないか　二人漂う部屋……

夏の予定もまだ決まらなくて　不安です　とても……〟

うろ覚えだ。でも、中森明菜が歌っていた「夏はざま」——作詞は、たしか来生《きすぎ》えつこだったと思う。

桂二と神田の屋台村に行った頃の窓子の心境が、まさにそれだった。夏の手前で戸惑っている。もっと言えば、干支三回り、三十六歳の手前で戸惑っている。心も自分自身も不安定に揺らいでいて、自分のごく近い未来さえも見えてこない。何もかもが定まらなくて、心はおのずと翳ってくるし、哀しいような気持ちにさえなってくる——。

ところが、その屋台村で、たまたま潮美とニアミスしたことをきっかけに、窓子の夏は一変したし、日々もまた様変わりした。

会社に行くのも、潮美がいると思うと、それだけで張り合いがある。仕事が終わってから、潮美と約束がある日はなお楽しい。潮美とご飯を食べたり酒を飲んだりしている時は、さらに楽しい。自然と気持ちがはしゃいでくるし活気づいてくる。桂二と約束している時や会ったりしている時よりも、何十倍も楽しいというのだから、ある意味話にならない。もちろんノン気《け》だ。窓子にそういう趣味や傾向はない。けれども、これではまるで潮美に恋しているようだと、自分でも妙な気持ちになる。とにかく姐御肌なのだ。潮美は自分と同年代の女性に対してもだろうが、窓子ぐらい歳下の女性に対してはなおそうだ。窓子には、何よりそれがよかった。

窓子は、もともと主体性がない。こうしたい、ああしたいというよりも、これはいや、あれはやりたくないという否定型の人間だ。きわめて消極的でもある。親分肌ではなく子分肌、先導してくれる人や方向を指し示してくれる人を必要としている。何も指標がないよりは、誰かから命令されて動く方がまだ楽だと感じるタイプの人間だ。それでいて、自分の好みや考えがない訳ではない。だから、基久や満喜子から頭ごなしにものを言われたり、兵糧攻めや「干支三回り限度宣言」によって、無理矢理あちらの思う方向に持っていこうとされたりすると、強い反発を覚えると同時に、やる気そのものを喪失してしまう。

一方、潮美はこんな調子だ。

「お疲れ。今日は一日暑かったね。さーて、今日はどこに行こうか。——そうだな。夏はやっぱり南国の料理だね。その方が元気がでるから。ザミちゃん、沖縄料理、食べられる？　なら、そうしよう。『がちま屋』——知ってる？」

実のところ、初めから進む方向は決まっている。それでいて、一応窓子の意向は問うし、話の筋道をちゃんと作ったうえでそちらに向かう。意向を問うたりするのは、かたちのうえだけのことかもしれない。が、それでいいし、それが必要なことのような気がした。手順を踏んでくれるからこそ、しっくりと折り合える。潮美は、自然とそれができる人なのだ。桂二にはそれがない。満喜子の場合はただの押しつけだ。

潮美と行った沖縄料理の店、「がちま屋」で、窓子はビールを飲みながら、両親から自分にでている「干支三回り限度宣言」の話を潮美にした。テーブルの上には、ゴーヤチャンプルーにミミガー、それに窓子は初めて食べる、ジーマーミ豆腐やイラブチャーの唐揚げといった料理が並んでいた。ジーマーミというのは落花生、イラブチャーというのはブダイに似た魚のことだという。

「だから、私、あと二年のうちに結婚するか、家を出ていくか、そのどちらかなんですよ」

窓子はミミガーをつまみながら潮美に言った。意図せず湿気た声と調子になっていた。

「ふうん」潮美は、頬杖を突きながら、やや唇を尖らせた。「親もいろいろだけど、まあ、最近の親は、結構自分勝手だったりするからね」

「ほんと、勝手ですよ」

「でもさ、結婚するか家を出るかって、結局、どっちも同じことなんじゃないの？」

「え？」

「だって、どちらにしても家は出る訳でしょ？　結婚したって、いきなり自分の親と同居するつもりはないんだろうから」

「それはそうですけど……。でも、たぶん私、その頃までに結婚の目《め》処《ど》が立っていないと思うんです。だから、経済的に自信が持てない状態で、家を出ていかざるを得ないことになりそうで。それが不安なんです」

「親はその弱みにつけ込んできた訳ね。そうなれば、ザミちゃんが、これまで撥《は》ねつけてきたお見合い話にも乗ってくるかもしれないし、きっと結婚も急ぐだろうって」

「だと思います」

「兵糧攻めに追放宣告、敵もよく考えてる」

潮美は、ゴーヤチャンプルーを食べながら言った。潮美が飲んでいるのは、泡盛《あわもり》ではないが、沖縄の焼酎《しょうちゅう》の水割だった。

「いっこうに結婚しようとしない娘に対する策としては悪くない」

「悪くないって、リソさん――」

「しかし、親に問題があることは確かね。そもそも、娘につけた名前がよくない」

「え？」

窓子はきょとんとなって潮美を見た。

「窓子って名前よ。どうしてそんな名前をつけたかねえ」

「いけませんか。画数が悪いとか？」

「いや、画数の問題じゃなく。だって、風見窓子――それだけですでに完成しているような名前じゃない？　私の場合もおんなじよ。有磯潮美――もう完成品って感じ。こういうふうに、苗字と縁が深いって言うか、セットになっているような名前の女は、結婚運が薄いのよね」

「えっ、そういうものなんですか」

思わず目を見開いて窓子は言った。言われてみれば、そんなような感じもした。

「うちの父親なんか、風見という苗字との相性がいいって、一人で悦に入ってましたけど。それにウィンドウズが世間に出回った頃なんか、

『ほらみろ、俺にはやっぱり先見の明があった。時代の先端を行く名前をつけたじゃないか』なんて威張ってましたよ」

「あはは、ウィンドウズね。お父さん、なかなか気の利《き》いたことを言うじゃない」

「そうですか」

いたって面白くなさそうに窓子は言った。

「風見って苗字もきれいすぎるよね。この間結婚退職した五百野さん、ああいう苗字の方が片づきやすい」

五百野で「いおの」、正しく読んでもらいづらいし、女性の苗字としてはややごつい。潮美によれば、ほかに猪熊とか牛山とか鬼塚とか……ごつい動物や恐ろしげな感じがする字が苗字にある女性は、自分から早く縁づこう、片づこうとする傾向があるということだった。

「なるほど。早く実家の苗字と縁を切りたいから、結婚を急ぐし結婚する――」

「まあ、そういうことね」

その五百野早季の送別会だが、メールを一斉送信した総務の神崎淑恵は、潮美の一喝を食らったと聞いている。

「そういう会は所属部署、もしくは社内でも親しい友人の間でやればいいことでしょ。勤めて二年かそこらの人が結婚退職していくことが、うちにとって喜ばしいこと？　一斉送信までして送別会の参加者を募る必要はないでしょう」――。

かくして全体での送別会はボツ。それを耳にした時、窓子は溜飲《りゅういん》が下がる思いだった。潮美の言っていることは正論だし、潮美だからこそ言えることだ。やっぱりリソさんはカッコイイ――。

「まあ、苗字と名前の問題を云々してもはじまらないけど」言ってから、潮美は焼酎の水割を飲んだ。「いまさらだし、変えようのない話だもんね」

たしかに、問題は、二年後窓子がどうしているか、今どうしたらいいかだった。

「でも、そんなに悩む必要ないんじゃないの？」

潮美は言った。途中、店の人間が料理を運びにやってきたので、「今日のゴーヤはちょうどいい苦みがあっておいしいね」「妙め具合も絶妙」などと、店の人間に愛想のいい言葉をかけながらのことだった。

「どうしてですか」

店の人間が消えてから、改めて窓子は潮美に問うた。

「だって、まだ二年あるのよ。その間に結婚相手を見つけたらいいし、もしもそれまでにどうしても相手が見つからなかったら、その時は家を追ん出たらいい」

「だから」

窓子は顔をひしゃげさせた。眉も八の字になっていたと思う。

「私には結婚相手を探すあてもないし、ましてや自活する経済力なんてないんですってば」

「出逢いなんて突然よ」

「リソさんはそうかもしれませんけど、私は駄目です」

「どっちに転んでも、万が一の時の落ち着き先さえ確保しておけば、そう不安になることもない。でしょ？」

「え？」

「だから、落ち着き先。雨風凌《しの》げて、ひと月十万あれば何とか生活できるところ」

「ひと月十万って、それ、もしかして全部合わせての話ですか」

「うん。部屋代、水道光熱費、食費、全部込み」

「無理です。今は家賃だけでも十万近く取られますもん」

「そんなことないって」ことなげな顔と口調で潮美が言った。「三ノ輪に来たらいい。昔ながらの木造二階建ての下町の家、長屋に毛が生えたようなものだけど、空いているところがあるわよ。うちが借り受けたいって言ったら、ただ同然で貸してもらえる。――ああ。お煎《せん》餅《べい》屋さんの二階、今は使ってないって言ってたな。あそこなら、すぐにでもはいれる。いろいろ不便はあっても、『磯家』があるから食べることには困らないし、煮炊きする必要もないから、ガス代だってそんなにかからない。お風呂は……うちのか銭湯を使えばいい。ね？　そうなれば、月十万で何とかならないこともないでしょ？」

窓子は呆《あ》っ気に取られたようになって潮美を見た。いや、顔は向けていても、実際には潮美の顔さえ見ていなかった。

三ノ輪、「磯家」、昔ながらの木造二階建ての家、長屋、お煎餅屋さんの二階……何だかいきなりべつの世界に足を踏み入れたような心地だった。

「三ノ輪に来たらいい」――潮美は言ったが、本気でそう言っているのかどうかさえも、窓子にはよくわからなかった。でも、ただの思いつきにしては具体的だ。そもそも潮美は何事に関しても、安請け合いする方ではない。

（ひょっとして本気？……）

潮美にとっては生まれ育って今も暮らしている町でも、窓子には馴染みのない町だし、知らない世界、想像もつかない世界だ。それでいて、不思議と人の息づかいや匂いが感じられるようで、なぜだか窓子は懐かしいような気持ちになった。そんな自分を自分で捉《とら》えきれない。それがまた奇妙な感覚だった。

「そうだ、とにかく一遍遊びにきなさいよ」お新香をつまみながら潮美が言った。「ザミちゃん、もうすぐ夏休みでしょ？　そのうちの二日ぐらい、私の休みに合わせて泊まりがけで『磯家』においで。それがいい」

夏休みは土日合わせて一週間ある。でも、窓子の手帳は、予定も何もなしの真っ白だった。たった二日か三日だ。とはいえ、その空白も突然埋まった。潮美が埋めてくれた。

誰かの家に泊まりがけで遊びにいく——これまでの窓子なら、考えただけで気詰まりになって、きっと尻込みしていたに違いない。それなのに、今度ばかりはそれがなかった。何せ向こうに行けば潮美がいる。丸二日、潮美と一緒に過ごすことができる。今の窓子は、ほかの誰といるよりも何をして過ごすよりも、潮美とともにあることが楽しい。だから、それだけで夏の予定は満載という気分だった。

夏の予定は決まった。不安は……なかった。

6

三ノ輪の「磯家」に行く十日ほど前のことだ。窓子は三村浩平に会った。潮美が引き合わせてくれたのだ。場所は原宿の喫茶店だった。

三村浩平、三十歳——思っていた通り、彼は窓子よりも若かった。フリーの産業デザイナーだという。

「知り合ったのは、大京エージェンシー」潮美は言った。「この人、大京エージェンシーの仕事もしてるから」

大京エージェンシーというのは、ニチカが委託している広告代理店だ。ニチカのＣＭは大京エージェンシーが作っている。販促のツールやノベルティグッズなどもそうだ。

「出逢いなんて突然よ」――潮美は言ったが、潮美のような人間だと、出逢いは突然なうえ、どこにでも落ちているものなのかもしれない。三十三年間生きてきて窓子は思う。この世のなかには、次々縁に恵まれる人間とほとんど縁に恵まれない人とがいる。これまで窓子は後者だった。

ひとくちに産業デザイナーと言っても、いろいろあるらしい。浩平の場合は、主としてテーブルウェアや文具のデザインを手がけているという。どちらかと言うと身近な雑貨類のデザインだ。

「うちだと、クリスタルソープのソープディッシュ、あの石鹸《せっけん》皿が浩平のデザイン」

「ああ、あれがそうなんですか」

間近で見ると、浩平は、屋台村で見たのとはまた感じが違った。思っていたよりも背が高い。百八十センチぐらいあるのではないだろうか。顔立ちは涼しげで大人びてはいるものの、女性並みにきめの細かいきれいな肌をしている。そばにいると、何だかいい匂いまでそこはかとなく漂ってくるようだった。

(今の若い男の子ってそうなんだ……)

窓子よりたった三つ下——それでも浩平は、窓子たちとは異なる世代、異なる人種という感じがした。おまけに浩平は、デザイナーだけあって、やはりお洒落だ。顔を合わせるなり、窓子はどぎまぎしてしまって、じっくり観察する余裕を失ってしまったが、浩平がピンクのシャツを着ていたことは覚えている。それがまた彼によく似合った。ピンクのシャツを自然に着こなせる男——そのことだけでも、窓子がこれまで出逢ったことのない男性と言えるのではないか。

「風見さん、三ノ輪に行くんですって？」浩平が窓子に言った。「三ノ輪の『磯家』に」

「あ、はい、そうなんです」

「行ってみたら驚くかも。何しろすごい店ですよ」

言いながら、浩平が顔に笑みを浮かべた。楽しげな笑みである一方で、苦笑の気配も内に含んだ笑みだった。

「すごい店……そうなんですか」

「何でもアリ。まるでびっくり箱。いや、ワンダーランドかな」

「またそういうことを」浩平の言葉に、潮美が心持ち眉を顰めた。

「いいのよ。あれはあれでひとつの文化なんだから」

「文化――だったら、文化遺産じゃない？」

「そりゃ、あなたみたいにインテリア雑誌のなかの部屋みたいなところで暮らしている人からしたら、文化遺産かワンダーランドでしょうよ」

「世界観、ちょっと変わるものね」

「それが大袈裟だって言うの」

潮美と浩平のやりとりをはたで聞いていて、窓子は羨ましくなった。ぴたりと呼吸《いき》が合っている。潮美は、「浩平とは気が合うのよ。二人でどこに行っても楽しい」と言っていたが、こんなふうに途切れることなく言葉のやりとりが続いたら、それは楽しいに決まっている。どうでもいいような話でだらだらつなぐか、さもなくば向こうの一方的な長口舌《ちょうこうぜつ》になるかという窓子と桂二のそれとはまったく異なる。やはり潮美も浩平に対しては、華やいだ女の顔を見せている。浩平相手だと、ひとりでにそうなるのだ。おまけに、潮美は浩平を三ノ輪の自分の家にまで連れていっている。そこがまたすごい。十七も歳下の男性だ。知り合った二年前は、二十八歳だった。二十代の青年を、何と言って三ノ輪の家族に紹介したのだろう。やはり潮美は破格という感じがした。

「じゃあ、潮美さん、僕は今日はこれで」

一度腕の時計に目を落としてから、浩平が椅子から立ち上がった。

「あ、そんな」窓子は慌てて半分腰を浮かせて浩平に言った「私が失礼しますから。三村さんはリソさんと一緒に――」

「この人、この後仕事があるのよ」そう言ったのは潮美だった。「だから、いいの」

「でも――」

「本当にそうなんです。――じゃあ、風見さん、また」そう言って窓子に向かって軽く頬笑んだ後、浩平はその顔を潮美に向けて言った。

「潮美さん、今晩か明日にでもまたメール入れる」

「うん、わかった。私もメールする」

喫茶店から出ていく浩平の後ろ姿を見送る。浩平は、背中のラインもすっきりとしていた。そういえば、手指も長くてきれいだった。

「リソさん、浩平さん、いいじゃないですか」

窓子は潮美に肩を寄せ、低声《こごえ》で囁《ささや》くような調子で言った。自分のことでもないのに、顔にくすぐったげな笑みがひとりでに浮かんでいた。

「歳よりも大人だし、リソさんとの呼吸もぴったり」

「まあ、それはそうなんだけどねえ……」

しゃっきりしない調子でそう言うと、潮美はストローでアイスコーヒーを搔き回し、氷が溶けて薄まったアイスコーヒーを、どうでもよさそうな顔をして啜った。

「あれ？　駄目なんですか。見ているうち、すぐに私も、お二人の歳の差なんて忘れちゃいましたけど。ふつうに仲のいいカップルって感じで」

「浩平が私の活力源になってる。それは事実なんだけどね」

潮美は言った。

浩平がいてくれるから楽しい。浩平といると自然と女に戻れるし、女としての華やぎも覚える。私生活にそんな彩りと華やぎがあるから、職場にあっても、一心に仕事に邁進できる——。

「ですよね」窓子は言った。「なのに、どうして駄目なんですか」

「ザミちゃん、年齢の壁は厚いわよお」

実感の籠もった声と調子で潮美が言った。窓子は黙って潮美の顔を見た。

「私、四十七よ。まさに更年期まっただなか。女は四十五を過ぎたら、女である自分との闘いよ。時として私は、自分が女であること自体が、つらくてつらくてしょうがないわ。生理の周期は乱れるし、生理前になると頭のなかはぐらぐらするし、下手をすると本当に眩暈《めまい》を起こす。気をつけていても、湿疹《しっしん》や吹き出ものも顔にできるし……まあ、さんざんよ」

「リソさん、見た目には全然そんなふうには見えませんけど」

本心だった。いつだって潮美は活力に満ち溢れていて、元気溌剌《はつらつ》に仕事をしているし、充分きれいにもしている。窓子からすれば、更年期というよりも、女盛りに見えるぐらいだ。

「外見上そう繕うのに、どれだけ苦労していることか。半分は張ったりみたいなものよ」

つい調子に乗って、浩平に歩調を合わせて深夜遅くまで飲んだくれてしまったりすると、翌日はとんでもないことになる。浩平は何時間か眠れば元に戻る。でも、潮美はそうはいかない。

「翌朝は、見られたものじゃないし使い物にならない。一気に肌荒れしてるわ浮腫《むく》んでるわ……そのままじゃ、とても外になんか出られる状態じゃない。ましてや仕事に行けるような顔してない」

「………」

「だから、必死に早起きしてお風呂にはいって浮腫みを取って、下地をしっかり作ってメイクをして……それで出かけていく訳よ。それでも頭はくらくら、目も霞《かす》んじゃってろくに見えやしないような有様。そういう時、浩平とつき合うのはやっぱり無理があるなあって、つくづく私は思うのよ。自分がダメージ食らってるのを、わが身で如実に感じるから。十七も歳下の男の体力に、土台更年期の女がついていけるはずがない」

同じ女だ。生理中のつらさや生理前の不調、鬱陶《うっとう》しさなら、もちろん窓子にも想像がつく。が、潮美が言っているのは、それとはまた異なるつらさでありしんどさだろうというのも察せられた。だからこそ、窓子は何も言えなかった。

「私、もともと頑健だし、体力もある方なのよ」潮美が続けて言った。「その私が、今、一番つらいと思う時は、生理前と浩平と会った直後。浩平と会うと女に戻る。戻った分だけへこみが大きくなるというこの皮肉。あと二、三年は誤魔化せる。何とかなると思うのよ。でも、五十になったらきっと無理ね。もう浩平とはつき合えない。いくら気が合ってても、あっちも歳の差は気にしていなくても、一緒にはやっていけない。ザミちゃん、哀しいかな、そういうことなのよ」

今より更年期障害がひどくなって、ほてり、のぼせ、冷え、動悸《どうき》、大汗……そんな不定愁訴《しゅうそ》が次々でてきたら、日々はそれとの闘いであって、恋愛どころではない。仕事と日常をこなすだけで精一杯だろう。それを十七歳下、しかも男性である浩平に理解してもらおうというのは無理がある。潮美としても、わざわざそれを浩平に語りたくない。強いて理解を求めたくもない。

「おまけに加齢臭でもでてきてごらんなさいよ。目も当てられない」

臭《にお》い――たしかにそれは大問題だ。

ああ、参った、ああ、くたびれた……そんなからだと自分を抱えて家に帰ってみると、「磯家」で慎太郎がしょぼしょぼ酒を飲んでいる。ずいぶん白髪もふえたし、生え際も後退した感じがする。何だか背中も少し丸まったみたいだ。萎《しお》れたと言うよりも、尾羽《おは》うち枯らしたような慎太郎。

「いまや昔の面影まるでなし、ただのしみったれた中年男よ。だから、見るとほんとがっかりするんだけど、反面、妙にほっとするのよね。慎太郎相手だと、『最近、老眼が一段と進んじゃってさ』なんてふつうに話せるし、浮腫んだままの顔でも気にならない。すっぴんでも全然平気。前に慎太郎のこと、身内みたいなものって言ったけど、同志みたいなところもあるかもしれない。同い歳の同志。しかも、三十五年ものつき合いだもの。だから、今の私には浩平も必要だけど、やっぱり慎太郎も必要なの。二人がいるからバランスが取れてる。浩平は頭のいい子だから、そのあたりのことも、ぼんやりとだけどわかってるんじゃないかな。私はそう思ってるんだけど」

四十七歳、更年期だ、女であることがつらい、十七も歳下の男性と女としてつき合うことには無理がある……それが潮美の本音、偽らざる気持ちなのだと思う。それでいて、自分が華やぐためにも、いきいきと仕事をしていくためにも、当面歳下の彼を必要としている。またその一方で、運命のパートナーのような同年代の男性が身近にいるということが、潮美の救いになってる。慎太郎は、言わば潮美の安息の場なのだ。

「何だかんだ言って、リソさん、やっぱり元気なんですよ」ひと通りの話を聞いた後、窓子は潮美に言った。「絶対、人よりエネルギーがあるんですって」

「そうかなあ」

「そうですよ」

恐らく潮美は、窓子やそこらの女性とは、出来そのものが違う。もともと窓子の二、三倍のエネルギーの持ち主なのだ。潮美自身は、更年期を迎えて、体力も女性力もがくんと低下したと感じているかもしれない。事実、本人には大きなへこみや減退と感じられているのだろう。だが、窓子からすれば、それでもまだ潮美の方が体力も女性力もはるかに上だ。だから、あれだけ仕事ができる。部下をシビアに指導できる。二人の男性ともつき合える。

潮美と身近で接するうち、窓子にも潮美という女をどう表現したらいいかが、だんだんわかってきた。潮美は、言うなれば雌《めす》ライオンだ。それが一番的を射た表現ではなかろうか。

かつては精力全開だった雌ライオンも、そろそろ壮年期にはいったかもしれない。けれども、窓子のようなトムソンガゼルとは元からして違う。雌ライオンだからこそ、未だに二匹も獲物をがっちりその前足で押さえている。

しかし、潮美は言う。

「ザミちゃんも、あと十五年したらわかるわよ、この感じ。まあ、こんなもの、わかってもらいたいとも思わないけど」そう言ってから、潮美は瞳を覗き込むようにして窓子の顔を見た。「だからこそ、もたもたしていて女として手遅れにならないうちに、私はザミちゃんにぜひ頑張ってほしい訳よ」

ぜひと言われても、何をどう頑張ったらいいものか、窓子は途方に暮れてしまう。一方で、潮美が心配してくれているのが嬉しくもあった。

思えば、これまで窓子の近くに潮美のような女性はいなかった。あけすけで気取りがなく、完璧なまでに姐御肌という女性だ。ひょっとすると窓子は、「俺についてこい」という種類の男性よりも、潮美のような女性を欲していたのかもしれない。どうして男ではなく女なのか——たぶんいまどきの男たちが、どうもあてにならないからだ。営業所内の男性たちを見てもそうだ。口では耳に聞こえのいいことや威勢のいいことを言っていても、いざとなると頼りにならなかったり腰砕けになったり……肝が据わっていないし、骨がない。

どう頑張ったところで、トムソンガゼルはライオンにはなれない。が、トムソンガゼルのまま、ライオンの後につき従っていってみるのも悪くないかもしれない。窓子はそんな気持ちになっていた。

（あれ？　トムソンガゼル？　ということは、もしかして私も獲物？）

実のところ窓子本人にも、その自覚がないではなかった。私は、潮美に捕まった——。

第三章

1

かつて、夏は窓子の最も好きな季節だった。光に溢れていて何もかもが輝いて見えるし、緑の色も濃く深く美しい。腕や脚を惜ることなく晒《さら》して、身軽な薄着で堂々と街を歩けるのもこの季節ならではだったし、花火、浴衣《ゆかた》、盆踊り、スイカ……夏の風物詩と言われるものにも心そそられた。

夏は暑いし汗も掻《か》く。寝苦しい晩もあれば、暑気あたり、クーラーあたりでバテもする。でも、それに勝る解放感があったし、生きている実感があった。「夏だもの、海に行かなきゃ嘘でしょう」――窓子にも、たしかにそんな時代があったのだ。

その夏が、いつからか変容してしまった。

勤めているのだから当たり前だが、春も夏も秋も冬も、大和町の家とお茶の水の会社との往き来。飽くなきその繰り返しのなかで、夏はただじりじりと暑いだけの時期に転落した。いかに夏とはいえ、会社にタンクトップにショートパンツという訳にはいかない。流行《はや》りのチュニック、スパッツ、胸や背中が大きく開いたワンピース……なかには、更衣室で夏のアフターファイブに向けたファッションに着替えてから帰っていく同僚もいる。だが、窓子にはべつの衣装に着替えてまでして会うような相手もいないから、簡単な化粧直しをするのがせいぜいだ。もう何年も水着を新調していない。夏用の服もあんまり買っていない。夏ごと買い替えるのは、消耗品と言っていいサンダルぐらいのものだ。

今年も水着は新調しない。でも、去年の夏とは気分が違った。

「え？　出かける？　窓ちゃん、夏休み、旅行に行くの？」満喜子がいささか驚いたような顔をして窓子に言った。「旅行ってどこに？」

もしも「台東区三ノ輪」と答えたら、「何だ、都内じゃないの」と笑われそうな気がした。「それは窓ちゃん、旅行とは言えないわよ」――。

だから、窓子は満喜子に言った。

「会社の先輩の家。先輩の実家に泊まりにいく」

「会社の先輩って?」

「有磯潮美さんっていう人。営業統括本部の副部長」

「副部長——へえ、偉いんだ。だったら、先輩って言うより上司じゃないの」

「まあそうだけど」

「その人、どこの出身なの? やっぱり静岡?」

たしかに、ニチカでも上の人間には静岡県の出身者が多い。ニチカ本社も駿日科薬の工場も、静岡県にあるからだ。本部長の山崎茂久《やまざきしげひさ》もそうだし、一課長の篠崎苑江も静岡県の出身だ。満喜子が「静岡」と言ったのは、それが頭にあったからだろう。

「で、静岡のどこ？」

早くも静岡と決めつけて満喜子が言った。

「どこって……べつにどこでもいいじゃない」

「よくないわよ。女の子が泊まりがけでいくんだから」

二年後には、窓子に家を出ていけと言っている人の台詞《せりふ》ではないと思った。家を出てしまったら、ある日の晩、窓子が静岡にいようが札幌にいようが沖縄にいようが、あるいは新宿歌舞伎町や渋谷センター街あたりをうろうろしていようが、満喜子には知る由もない。家から娘を追い出すというのは、親として知る義務も権利も放棄するということだろう。だから、窓子もそれ以上は説明しなかった。

満喜子はというと、社の女子社員何人かで、沼津か伊豆あたりにある潮美の実家に遊びにいくことになったのだろうと、勝手に解釈したようだった。相手は副部長だ、窓子が一人で遊びにいくはずがない――。

「みんなで相談して、ちゃんとお土産買っていきなさいね」満喜子は言った。「一人千円ずつぐらいだし合ったら、そこそこまともなお菓子が二種類ぐらい買えるわよ」

この人は、いつも自分で勝手に考えるし思い込む――窓子は、満喜子の顔を見て改めて思った。

潮美の家は、どちらかと言うと都電荒川線の三ノ輪橋駅からの方が近いらしい。が、当日は、東京メトロ・日比谷線の三ノ輪駅まで潮美が迎えにきてくれた。その方が、乗り換え、乗り継ぎが便利だからだ。

潮美も通勤には、日比谷線を使っているという。

「ああ、ザミちゃん、いらっしゃい。よく来たね」

潮美は、改札口のところで待っていてくれた。潮美と一緒に地下鉄の階段を上る。

今年の夏は、エルニーニョの影響で冷夏だという。そんなことも、毎日会社勤めをしていると、あまり感じなくなってくる。一歩社屋にはいってしまえば、どの季節であろうが、体感に大差ないからだ。仕事をしていると、外の景色もろくに見ない。それに分厚い窓ガラスを通して見ると、たとえ外は青空であっても、多少どんよりして見える。

地下鉄の階段を上って地上に出てみると、ピーカンではないものの、外は夏らしい白い光に溢れていて目に眩《まぶ》しかった。むっとするような湿った熱気も肌に覚える。夏だなあ……窓子は思った。

三ノ輪駅の出口は、日光街道と明治通り、大きな幹線道路二本が交差する地点にあって、ひっきりなしに車が行き交っていた。高層ビルは見当たらないが、周辺はほとんどビルばかりで、都心のどのあたりでも見られる風景だ。大きな道路が通っているところであれば、都心はどこでもたいがいこんな顔をしている。三ノ輪と言っても、特別下町という感じはしなかった。

「まあ、ここらあたりはね」窓子と肩を並べて歩きながら、潮美は言った。「うちの方に来るとまた違うけど。都電が走っているあたりが、やっぱり下町っていう感じかな」

オフだし地元ということで、潮美はノースリーブのシャツにハーフパンツという、ふだん着に近い砕けた出で立ちだった。履いているのも、踵《かかと》は高いが突っかけだ。ただし、シャツの柄はやっぱり派手だ。白地に黒とゴールドのプリント模様。模様が何かは不明。潮美は、身長はたぶん百六十センチちょっと、背丈はそこそこあるが、決して大女ではない。「鬼女」「荒磯」と言われるだけあって、存在感とインパクトが強いので、何となくもっと大きく感じられるのだが、実はそんなことはない。骨格もコンパクトならウエストも細く、どちらかと言うと華奢《きやしや》な体格の方かもしれない。

ところが、剝きだしにされた二の腕には立派な筋肉がしっかりとついていて、脚もふくらはぎの筋肉が、くっきりと浮き上がって見えた。思っていたより筋肉質だし頑丈そうだ。窓子は、高校の陸上部に、からだは細いがこんな筋肉をしている子がいたことを思い出した。彼女は、短距離の選手だった。

「リソさん、もしかして、何かスポーツやってます？」歩きながら窓子は潮美に尋ねた。「スポーツジムに通ってるとか」

「まさか」潮美は言った。「そんな時間的な余裕はないわよ」

「でも、筋肉、ついてますよね」

「店を手伝わされるから。ビールケース運んだり、野菜や肉を運んだり……結構力仕事よ。季節がいい頃は、朝、地下鉄に乗るのが鬱陶しいと、チャリで上野まで出ちゃったりもしているけど」

「通勤するのにですか」

「うん、そう」

潮美はこともなげに頷いたが、三ノ輪から上野というと、三キログらいはあるのではないか。潮美にとっては、たかだか三キロかもしれない。でも、窓子からすれば、仕事の前に三キロ自転車を漕《こ》ぐということ自体が、もはやスポーツだった。

「やっぱりリソさん、体力ある」

「そう？」

「日常、これ、スポーツみたいな感じ」

「大袈裟よ」

言っているうちにも、三ノ輪橋の商店街に着いてしまった。三ノ輪と三ノ輪橋は、思っていた以上に、目と鼻の先ほどの距離だった。

「いつからだったろう、この商店街を『ジョイフル三の輪』って言うようになったのは」商店街の入口で潮美が言った。「いつの間にかアーケードになっちゃったし。――さて、まずは商店街でもぶらついてみますか。あ、ザミちゃん、荷物あるね」

そう言うと、潮美は窓子が手にしていた小さなボストンバッグと紙の手さげ袋をもぎ取って、角の煙草《たばこ》屋に預けた。

「おじちゃん、悪い。これ、ちょっと預かっといて。後で取りにくる」

「すみません」

窓子も店のなかを覗き込むようにして言ったが、奥は薄暗くて〝おじちゃん〟の顔はよく見えなかった。ただ、愛想はなかった気がした。

半分影に溶けながら、〝おじちゃん〟は、当たり前の顔をして頷いただけだ。

潮美と商店街を歩きはじめる。都電荒川線沿いの商店街だ。そこに一歩足を踏み入れた途端、大きな通り沿いを歩いていた時とは、景色と匂いが一変したような気がした。ひとつひとつの商店、家が、どれも小さくて細かい。アーケードになっている商店街の通りの幅も、よそに比べるとずいぶん狭い。周囲に高いビルはなく、自然と目線が低くなる。路地には昔ながらの家が軒を並べているし、その向こうを都電が走っていく——。

「わあ、何だか風景が変わった」

窓子は言った。

「そう？　ここもどこにでもあるような商店街になっちゃった感じが

するけど」

「でも、やっぱりよそとは違う。……何て言うか、大きさや幅が人間サイズ」

「ああ、ここ、車は通れないからね。何もかも、人間に合わせた幅や大きさって言えば、そう言えるかも」

窓子が生まれたのは、練馬《ねりま》区だ。小学校二年生の途中からは高円寺――正確には、中野区大和町で育った。今日までずっとだ。同じ東京都内だというのに、三ノ輪や三ノ輪橋には、生まれて初めてきた。なのに窓子は、何とも言えない懐かしさのようなものを覚えていた。中野ブロードウェイも、独特の匂いを持つ庶民的なアーケード商店街だ。が、ブロードウェイは規模が大きい。アーケードとは言っても半分ビルだ。こちらの方が全然小さくて身の丈に近い。それが窓子には妙に楽しかった。

「へえ、そうかな。ここらあたりはいたってふつうだと思うけど」潮美は言った。「それじゃ、意味なく都電に乗ってみますか。チンチン電車。そうすると、周辺のだいたいの景色が見えてくるわ」

「はい」

潮美の言葉に、窓子は即座に頷いていた。それも、自分でもまったく意識しないまま、にっこりと笑顔全開で頷いていた。その窓子の顔を見て、潮美がおかしそうに少し笑った。わずかに苦笑が交じったような笑みだった。その潮美の後ろを、白い割烹着のような上下を着た男性が、自転車で通り過ぎていく。白衣と言うのが正しいのかもしれない。彼は通り過ぎていきかけて、潮美に気づいたらしい。自転車を停めてちょっとハンドルを捻って向きを変えてから、「よお、潮美ちゃん」と声をかけてきた。髪を短く刈った中年男性だった。

「ああ、カンちゃん。久しぶりだね。どう、景気は？　何か元気そうじゃない。ああ、おばさんは？　元気にしてる？　夏バテしてない？」

潮美の口から、続けざまに言葉がでる。考えて言っていることではなさそうだった。たぶん勝手に口が動いているのだ。相手も同じだ。再び自転車を走らせかけながら、答えがてら次々言葉を繰り出す。

「俺は元気。お袋はもっと元気。潮美ちゃんも元気そうだね。今日は？　仕事は休み？　ああ、夏休みか。あっという間に八月も半ば過ぎだもんな。まあ、たまにはうちの店にも遊びにきてよ」

言ううちにもじりじり遠ざかっていく男性に向かって、潮美は「はいよ」と返事をしてから、つけ足すようにちょっと声を張り上げた。

「カンちゃん、うちの店にも顔だしてね」

昔から、同じ三ノ輪で商売をしている人間同士のやりとり、ここではよくある日常風景なのだろう。それだけに、潮美は二、三歩足を動かしだすと、その男性のことはもはやすっかり忘れ果てたような顔をしていた。

潮美と都電荒川線・三ノ輪橋駅のホームに立つ。低いホームだ。スロープで上がったが、地面から階段ほんの四、五段といった高さだ。ホームに立つと、空を覆っていた薄い雲のようなスモッグが取れたのか、かっと日の光が射してきた。

（夏だなあ……）

夏の陽射しを肌に感じながら、再び窓子は思った。顔にもひとりでにまた笑みが滲《にじ》みだしてきていた。

何でこんなに楽しいんだろう、何がこんなに楽しいんだろう――潮美と三ノ輪橋駅の低いホームに立ちながら、窓子は、自分でもよくわからずにいた。

2

チンチン電車――出発時に、本当に見事なまでに「チンチーン」という澄んだ鐘の音を響かせる、都電荒川線のなかで話をした。

潮美の家は、五人家族なのだという。祖母、両親、潮美、それに弟の五人。

「大家族とまでは言えないけど、いまどきの家族としては多い方ですよね」

「それはいいんだけど、問題は、四十七にもなる長女の私が、ご存じのように独身、子供なし。おまけに弟の由多加《ゆたか》――これが『磯家』の二代目って言うか、『磯家』を継ぐ人間なんだけど、これまた目下独身で、子供がいないっていうこと。五人家族って言ったって、そこは世間様に足並み揃えたみたいに先細りな訳よ」

「弟さんって、お幾つなんですか」

「四十四。バツイチ」ちょっと面白くなさそうな顔をして潮美が言った。「で、親父さんが七十、お袋さんが六十八、ばあちゃんに至っては九十三よ。平均年齢高いって言うか、まさに高齢化社会が家庭内にも及んでいる状態」

「九十三——それはすごい」

「うわ、今ざっと計算してみたら、うちの平均年齢六十四ってとこだわ」潮美が顔をひしゃげさせながら声を上げた。「参ったな。還暦過ぎてる。完全に年寄り一家だ」

「でも、弟さん……由多加さんがまた結婚なさって、子供が生まれて零歳児が加わったら、ぐんと平均年齢下がりますよ」

「それがてんで期待薄だから困っているのよ」

由多加が結婚したのは、潮美の同級生の水本《みずもと》知花子《ちかこ》という女性だった。同級生というのは、中学校でのことだ。

「また中学校、中学校の同級生……」

慎太郎のことを思い出して、思わず窓子は呟いた。

「しょうがないのよ。今はそうでもないけれど、私が子供ぐらいの頃までは、ここらはまだ地縁が濃かったから」

潮美と同い歳ということは、知花子は由多加より三つ歳上の姉さん女房だったということになる。

「歳上なのはいい。姉さん女房っていうのは許す。でも、由多加にはやめとけって言ったのよ、知花は性格悪いから」

「そうなんですか」

「悪い、悪い。しかも十二年前、知花は三十五でバツイチ、四歳の子持ち。性格が悪いうえにコブつきっていうんじゃ。なのに、由多加ったら、まったく人がいいから」

子供を抱えて出戻ってきたが、実家は両親と兄一家で満杯状態、身の置きどころがない。部屋を借りるためにも子供を養っていくためにも働きたいが、まだ子供が小さいから働くこともできない……知花子の窮状を耳にして、由多加は心動かされたらしい。

「知花はやり方が汚いのよ。由多加に自分の子供を懐《なつ》かせて……。健《けん》太《た》っていう男の子なんだけど、今はもう高校生よ。その子がまた、小さい時は本当にかわいい男の子でね」

由多加は健太にすっかり慕われ、懐かれて、たちまちのうちに情が移ってしまった。

ところが、知花子は「磯家」を手伝うでもなく、健太が小学校の高学年になると、よそに働きにいくようになり、いよいよ自分で稼《かせ》ぎが得られるとなったら、今度は健太を連れてさっさと家を出ていってしまった。

「で、由多加はポイ。離婚よ。それが四年前。自分がお人好しだからいけないいんだけど、由多加は健太を育てるために知花と結婚したようなものよ。ただそれだけのお役目。由多加も馬鹿だけど、あの女は本当に食えない女」

「で、知花子さんは今？――」

「したたかな女だもの、さっさと再婚したわ。自分が勤めた店に通ってきていた運送屋と。何でも独立して、自分たちで運送業をはじめるんですって。なのに、健太はまだ時々由多加のところに小遣いせびりにやってきてる。由多加はまだ小遣いやってる」

「………」

「ね？　念のいった馬鹿でしょう？　お人好しを通り越してる。だから期待薄だって私は言う訳。別れた女房の子供、それも実の子供でもないっていうのに、その子にまだ小遣いやっているようじゃ」

血を分けた潮美の実の弟だ。だが、性格、性分は、潮美とずいぶんと異なるようだった。何しろ由多加は小さい時から気がやさしくて、友だちと殴り合いの喧嘩《けんか》をすることはもちろん、口喧嘩や言い争いをすることとさえなかったし、家のなかでも声を荒らげたことがないという。

「こっちがケンケン言っても、あの子はおっとり聞き流してるだけ。今もそう。まるで地蔵だね、あれは」

想像しなくても、じきに実物にお目にかかれる。それでも窓子は、いったい由多加というのはどういう顔をしたどういう感じの男なのだろうと、想像してみずにはいられなかった。が、いくら想像してみても、潮美の弟だけに、なおさら像が摑《つか》めなくなる。雌ライオンの弟が地蔵というのは、いくら何でも違いすぎる。

「夕飯は『磯家』で飲み食いするとして……さて、ザミちゃんにはどこに泊まってもらおうかな」

その言葉に、窓子はややぽかんとなって潮美を見た。窓子は、当然自分は潮美の実家、「磯家」に泊まるものだとばかり思っていたからだ。

聞けば、潮美の父親の勝美《かつみ》、それに母親の寧子《やすこ》は、毎日だいたい「磯家」の二階に寝泊まりしているという。潮美はと言うと、「磯家」に隣接しているというよりも、ほとんどつながっている恰好の隣の木造家屋で、祖母の登志《とし》と寝起きをともにしている。残る由多加は、間に二軒挟んだ並びの木造家屋だ。知花子と所帯を持った折、ちょうど空家になった家を借り受けたのだという。知花子と健太は出ていってしまったが、由多加はそこに一人居残り、今もその家で暮らしている。

「前にも言ったかな。『磯家』は商売をやっているからちょっと造りが違うけど、私のところと由多加のところは、昔ながらの下町の家よ。狭くて小さい木造家屋。二階に物干しがあって」

言ってから、潮美は「ほらほら」と窓の外を指し示した。

「あそこに何軒か家が並んでるしょ？　あんな感じの家」

「ああ」

窓の外に視線を投げながら、窓子はぼんやりと頷いた。昔どこかで見たような家だ。玄関はガラスの引き戸、濃い茶色をした木の板張りの外壁、瓦屋根……今でも下町の風景としてテレビにでてくることがあるような家並み——軒下には朝顔やゼラニウムの鉢があって、二階の物干しには洗濯物が干されていて、家と家の細い隙間を猫が行く。

「だから有磯家は、一軒のうちがまさに長屋状態。由多加のうちは二軒先っていっても、ほんの十五、六歩でしょ。だから窓から顔だして『由多加！』って呼べばこと済むし」

「へえ」

言ってから、窓子はまた車窓の風景に目と顔を向けた。都電荒川線の窓から見る風景は、目線を低く据えたままでいい。高いビルがないので、それで景色が見えるし空も見える。ところによっては江ノ電みたいに、よその家の軒先を走っていたりもする。大きな通りに差しかかると、電車の方が信号待ちをしたりするのも面白い。バスと同じくブザーで降車を報《しら》せるというのも、ふつう電車ではないことだろう。ひとつひとつの駅も、恐らく五百メートルぐらいしか離れていないのではないか。ＪＲ中央線などとはえらい違いだ。

窓子は、高層ビルが林立していて、顔をほとんど真上に向けなくては、ろくに空が見えないような東京の街が苦手だ。こうして目線をふつうに据えていても空が見える町というのは、ひとりでに気持ちが緩んできていい。自然に息がつける感じがする。これが人間の身の丈にあった高さであり、町なのではないか——車窓の風景に目を向けながら、窓子はそんなことを考えていた。

「そうね。ザミちゃんと私は、由多加のところに泊まろう。それがいい」

「決めた」と言うような調子で潮美が言った。いつものことで、潮美は最初からそうしようと考えていたし決めていたに違いない。

「今日明日、由多加は私のところで、ばあちゃんと一緒に寝てもらおう」

「いいんですか」一応窓子は潮美に言った。「何だか由多加さんを追い出しちゃうみたいになっちゃいますけど」

「いいのよ。人が来るとよくそうするの。由多加のところが一番物がなくてこざっぱりしているから。だいたいあの人、家には寝に帰るだけだしね」

都電の雰囲気を味わうにしても、早稲田までだらだら乗っていてもしょうがないからと、途中で三ノ輪橋に向けて折り返した。都電荒川線は、改札もなければ券売機もない。全区間、一律百六十円。料金は電車に乗ってから料金箱に入れてもいいしスイカでもいい。

「ひと駅乗っても、端から端まで乗っても、百六十円」窓子は言った。

「おおらかですね」

「その方が面倒がないからじゃない？　だいたい端から端まで乗る人

はいないわよ。無駄に時間がかかるもの」

「でも、バスに乗るよりいいし、やっぱりバスとは何か違いますね」

「そう？」

「うん、乗りやすい」窓子は自分に向かって頷くように、小さく首を振り下ろした。「駅があるから、待っていても安心できるし、バスみたいに渋滞に巻き込まれることもないし」

「そうね。地元の人にとっては、バスと言うよりチャリかな。そういう気軽な感覚で乗ってるかも」

三ノ輪橋に戻って、また町をぶらつく。

「ちょっと一服」

そう言って、潮美は灰皿が設置されている店の軒先で煙草に火をつけた。ふうっと潮美が白い煙を口から吐きだす。立ち煙草——潮美はそれが似合う女だ。

「そうだ。リソさんって、煙草喫《す》うんでしたよね」潮美の脇に立って窓子は言った。「お酒飲む時とかは喫ってますもんね」

「今となっては悪癖よ」潮美は鼻の付け根に皺を寄せた。「ここらあたりはまだいいけど、いまや都心は喫煙者には厳しい環境でしょ」

「会社は……裏の駐車場の角が喫煙所でしたっけ?」

「そう。でも、あそこでこそこそ喫うのは惨めなものよ」

一服し終わると、再び足を動かしはじめる。途中、肉屋の若主人に声をかけられて、潮美は彼と短い世間話をした後、彼が店先で揚げているコロッケをふたつ買った。

「はい」

潮美がひとつを窓子に手渡す。揚げたてのコロッケを食べながら、また散歩を再開する。すると今度は薬局の主人が店から出てきて、「お茶飲んでいきなよ」と潮美に言う。「なら、そうしようかな」と、店先に据えられた縁台のようなベンチに腰かけ、コロッケを食べながら主人が運んできてくれた冷たい麦茶を飲む。

「これ、健康玄米麦茶」主人が言う。「ミネラル分が豊富なんだよ」

「へえ、そうなんだ」

「うちで売ってんの」

「ふうん。じゃあ、これは言わば試飲か」

「まあね。潮美ちゃんに買ってけとは言わないけどさ。あ、お新香あるよ。持ってきてやろうか」

「ううん、ありがとう。今はいいや。——あ、このゴミ、捨ててもらってもいい？」

「いいよ。そこ、置いといて」

「どうもね。ご馳走さま」

やはりやりとりは気さくで気取りがなく、しかも短い。余計なことは言わなくてもいいし、それで充分気持ちは通じるのだ。潮美も、会社にいる時とはずいぶん印象が違った。

「名前を間違えるって、一番失礼なことなのよ。それを重ねて二度も。理沙子さんじゃなくて理紗子さん——。どうして最初に顧客から指摘された時に、データを修正しておかなかったかな。そういうことをしていると、業務全般、だらしない会社だと思われるの。顧客も失えば信頼も失うの。たかが名前じゃない。きっちりやって頂戴《ちょうだい》」

「スプリングセールのノベルティグッズを入れ忘れて商品発送した？　それ、何月何日の発送分？　全部で何軒？　――考えられない。電話連絡取ったうえで、詫び状添えて即刻追っかけ発送。ああ、一緒に新製品のサンプルを入れて送るように。え？　何がいいか？　それぐらい自分で考えなさいよ。立派な頭あるんだから。――わかってる？　個々の顧客の年齢層、購入商品のデータによって、同送するサンプルは変えるのよ。何でも送ればいいってものじゃないんだからね。……そこまで私に言わせないでほしいな」

部下が間抜けなミスをしでかすと、潮美は内なる苛立《いらだ》ちを抑えようとするみたいに眉を寄せ、途中ちょっと頭を掻いたりもして、きりきりしながら頭ごなしにものを言う。それがここでは、肩から力が脱けていて、きりっというよりざっくりといった感じになっている。窓子は、会社の外でも潮美と話をするようになってから地元での潮美を見たので、さほどの驚きもなければ違和感もない。でも、会社の人間が見たら、かなりのギャップを感じるだろう。「鬼女」ではなく、地元、下町の潮美ちゃん、潮美姉ちゃん――。

煙草屋のおじちゃん、割烹着姿だか白衣姿だかの自転車の男性、肉屋の若主人、薬局の主人……三ノ輪橋に来たばかりでまだ何時間と経っていない。けれども、窓子はずいぶんこの町の人と会った。むろん、潮美がいればこそだ。

「この町はこんなよ」歩きながら潮美が言った。「コロッケ、焼きとり、揚げパン、鯛《たい》焼き……私の子供の頃なんか、商店街をうろついているうちに、何だかお腹いっぱいになっちゃって、夏休みも家でおひる食べなかったり。子供だと、『スイカ食べてきな』なんてことにもなるしね。はは……ラーメン屋の子がいたから、冬なんか、子供のくせにラーメン食べたりしてた。ああ、それにおでんね」

それは今の潮美と町の人の様子を見ていても、窓子にも容易に想像がついた。

「おまけにうちは食べ物屋でしょ？　だから、私は、小さい頃から今日に至るまで、食べることで頭を悩ませたことが一遍もないのよ。家に帰れば、何かしら食べ物があるから。それも出来上がった食べ物がね」

そこが篠崎苑江などとは異なる点だと潮美は言う。

「篠崎さんなんか、帰る間際の方が怖い顔してるもの。何とかキリのいいところまで仕事を終わらせて、帰りにはスーパーであれ買って、これ買って、家に帰って夕飯作って……って、公から私に移り変わるのに、頭のなかで忙しく段取ってるのが見ていてわかる。ああ、もう六時半になっちゃった。明日は子供のお弁当があるし、買い物しないで帰る訳にはいかない。卵……それにパンもあんまりなかったな——そんな顔してる。働く女の苦労、主婦の苦労ね。私にはそういう苦労、全然ないのよ。その分、会社にいる時は、集中して仕事に当たっていられる。私は会社帰りにスーパーに寄ったことなんか一度もないもの」

さすがによく見ている。たしかに苑江は、退社の時刻が迫ってきた時の方が険《けわ》しい表情になるし、神経もピリピリしてくる。それが苑江が結婚していて子供がいることと、まったく関わりがないことではないというのは、窓子も肌で感じていた。家庭があるし子供がいる。忙《せわ》しげな気持ちになるのもしょうがない――。

だからといって、実家が飲食店を営んでいる潮美の方が、仕事上苑江より有利という単純な結論にはならない気がした。苑江は、夫や子供がいることで、助けられている部分もあるだろう。物質面、精神面、両方でだ。加えて言えば、結婚すること、子供を産むこと、そのうえで仕事を続けること……選択したのは苑江自身だ。

仮に潮美の家が飲食店でなかったとしても、この町で生まれ育っていたら、仕事帰りに商店街を通っていくだけで、その日の晩の食卓ぐらいは、何とかなってしまうのではないか。「夏休みも家でおひる食べなかったり」――潮美も言っていたが、下町というのは、地域自体が大きな家族というか、親戚か親族に近いものなのではないか。窓子は下町全般をよく知っている訳ではない。だから、この町、潮美が育った地域は、と言うべきかもしれない。窓子はそんな印象を受けた。

近頃は、「コミュニティ」「地域」「地域社会」ということが、よく言われるようになってきた。社会が進むにつれて、地域のつながりが稀薄《きはく》になってきたことの裏返しだろう。でも、窓子のところのような、中途半端な新興住宅地は結局駄目だ。自治会はあるし、町内会にもはいっているが、満喜子は回覧板がまわってきただけで、面倒臭げなうんざり顔を見せるし、基久は「町内会にはいるのは、良識ある住民としての義務」と言っている。地域社会やコミュニティというのは、義務や義理で成り立つものではない。地域社会が大きな親戚か家族のようなものに育つには、それだけの時間と歴史が要る——潮美と町を数時間歩いただけだが、窓子はそんなことを感じていた。

「リソさん、毎日この町から会社に通っているんですねえ」

思わず窓子は、感慨深げに潮美に言っていた。会社と地元、公と私では、世界そのものが異なるようで、一日のうちにふたつの世界が同居しているというのが、ちょっと信じられない思いだった。窓子にしても、会社のあるお茶の水と家がある大和町では、もちろん景色も違えば雰囲気だって異なるが、これほどの乖離《かいり》はない。

「東京営業所、再来年には品川に移転するっていうし。港南口とここだと、同じ東京とは思えないぐらいに雰囲気違いますよね。私、実はすごく憂鬱なんです、会社の移転話。港南口の雰囲気って、どうも異様な気がして」

「私も品川の港南口は好きじゃない。あそここそ、煙草が喫えない環境ね。スマートな顔したコンクリート監獄。でも、まあ、それはそれよ」潮美は言った。「仕事をする場所だと割り切って出かければ何とかなる。慣れれば好きも嫌いもなくなるって。そういうものよ」

ああ、この人は、自分でスイッチの切り換えができる人なのだ、と窓子は思った。だからこそ、会社では「鬼女」「荒磯」と呼ばれる怖くて厳しい副部長になれるし、浩平と一緒にいる時は女になれる。そして地元に帰ってくれれば、「磯家」の潮美ちゃん。

「駄目だなあ、私は」視線を俯《うつむ》け、たらたら歩きながら窓子は言った。「頭と気持ちの切り換え、本当に悪くて」

「あれ？　それがザミちゃんのいいところなんじゃないの？」潮美が、気持ち目を見開いてかたわらの窓子を見た。「どこにあってもザミちゃんはザミちゃん。誰にも何にも阿《おもね》っていないと言うか、常に変わりがないと言うか」

「えっ。私は……単に不器用なだけです」

「単に不器用――単に器用なだけの人間よりずっといい。信用できる」

潮美に断言するように言われると、自分でもそんな気がしてくるからおかしなものだった。

「じゃあ、そろそろ煙草屋に荷物を取りにいこうか。で、荷物を由多加のところに置いたら『磯家』に行こう」

「はい」

いよいよ「磯家」だ。浩平が言うところのワンダーランド、何でもアリのびっくり箱。そこに窓子は足を踏み入れようとしていた。

3

「磯家」は、商店街の並びではなく、路地を一本はいった住宅地のなかにあった。角が「磯家」、角を折れた隣が潮美と祖母の登志が寝起きしている家、その先に由多加の家……そういう並びだ。外から見た感じ、言うなれば「磯家」は、蕎麦《そば》屋といった感じの佇《たたず》まいだった。「磯家」と書かれたトタンの看板、縄のれん、ビールの立て看板、赤提灯《ちょうちん》……蕎麦屋よりは賑々《にぎにぎ》しいが。

由多加の家に荷物を置きに寄ったので、窓子は潮美と先に「磯家」の裏口の前を通る恰好になった。「磯家」の裏口には、ビールのプラケースが積み上げられ、エアコンの室外機からは、砂漠の熱風かと思うような乾いた熱い空気が吹きだしていた。換気扇もさかんに煙と空気を吹きだしている。油、魚、肉、煙……独特の匂いがする風だ。芳香とは言えないが、決していやな匂いではない。冬場や空腹時に嗅《か》いだら、逆にほっとするかもしれない。

「暑《あつ》……今年は冷夏だからまだしも、ここはまるで灼熱《しやくねつ》地獄」室外機の吹きだし口を通りながら潮美が言った。「隣で店をやってるもんだから、うちも夏は暑くて暑くて。ばあちゃん、よく熱中症にならないものだと思うよ」

荷物を置いたその足で、まっすぐ「磯家」に行く。

「いらっしゃい！」

威勢よく言ってから、カウンターのなかの主人が、笑顔を苦笑に近いものにすげ替えた。潮美の父親の勝美だ。

「何だ、潮美か。なら、いらっしゃいじゃないな。ああ、損した、損した」

「何が『損した、損した』よ。今日はお客さんが一緒」潮美が勝美に言う。「だから『いらっしゃい』でいいのよ」

「そうか。そういやそんなこと言ってたな」潮美に言ってから、勝美は窓子に愛想のいい笑顔を向けた。「いらっしゃい。潮美の後輩って……へえ、まだ若いんだね。まあ、こんな店だけど、ゆっくり飲んで食べてってよ」

勝美は痩《や》せていて、赤銅色《しゃくどういろ》をした顔に皺が深い。七十になった今も、昔はいなせな板さんだったに違いないと思わせる風情を漂わせている。

笑っていても、瞳に光があって視線がやや鋭いし、口調もすかっとしていて勢いがある。

勝美に「ありがとうございます」と言って頭を下げてから、窓子は潮美が指し示したテーブル席の椅子に腰を下ろした。

店のなかをぐるっと見回す。「磯家」は、少々変わった店だった。厨房《ちゅうぼう》から張りだしたような恰好でカウンターがあり、その内側に勝美がいる。カウンターと窓子たちが腰かけたテーブル席あたりは、テーブルも椅子も木製で、居酒屋といった雰囲気だ。が、そこから振り向くようにちょっと目を移すと、とたんに食堂といった具合になる。一番端っこ、ビールや生酒用のガラス製の冷蔵庫が置かれているあたりともなると、完全な食堂、もしくはラーメン屋という感じだ。テーブルや椅子自体が別物だからかもしれない。木製のテーブルや椅子ではなく、デコラ張りの天板にスチールの脚という昔よく見かけたテーブルに、ビニール張りの椅子――脚はやはりスチールで、いくつか重ねられるタイプのあの丸椅子だ。

奥が厨房で、そこで潮美の母親の寧子と弟の由多加が調理に当たっているようだ。お運びさんとして店のなかを忙しげに動きまわっているのは、ころっとした六十代の女性だ。三角巾《さんかくきん》と前掛けがよく似合うタイプ――彼女は、勝美の妹、すなわち潮美の実の叔母なのだという。

「静江《しずえ》叔母ちゃん。店ではシーちゃんって呼んでるけどね」潮美が言った。「叔父ちゃんが早くに亡くなって……その頃からだから、もう十年になるかな。今じゃシーちゃんあっての『磯家』、お会計もあの人の頭のなかにはいっている」

「へえ」

潮美の後輩が店に来ていると聞いたらしく、寧子も厨房から出てきて窓子に愛想のいい笑顔を向けた。寧子はふっくらとした丸顔で、からだもふくよかなら、眼差しも笑みも柔らかい。「いいお母さん」――まさにそんな感じの女性だった。

潮美は、母親似ではなく父親似だろう。細面の顔や目元は、間違いなく勝美譲りだ。きゅっと口角を持ち上げて笑ってみせる表情もだ。由多加は……まだ見ていないのでわからない。でも、もしも由多加が寧子似だとすれば、雌ライオンの弟が地蔵というのも、納得いかないことではない気がした。

「さてと、まずはビールでも飲みますか」椅子から半分腰を浮かせて潮美が言った。「待ってて。今、ビールと何かつまみを取ってくるから」

言うが早いか、潮美がビール、枝豆、モツ煮、マグロの山かけ……と、次々テーブルに運んでくる。

「あ、私、手伝いましょうか」

思わず窓子も腰を浮かせかけたが、「いいわよ」と潮美が言葉と動作で制した。

「ザミちゃんは、今日はお客さんなんだから。それに、適当につまんで飲んでいたら、頃合いをみて由多加が何か作ってくれる。後は料理が出てくるのを待つだけってとこ」

「それにしても……」窓子は店に短冊のように張りめぐらされている「磯家」の料理の品書きを眺めながら言った。「すごいメニューですねえ。びっくりするような数」

「ふふ。何屋だかわかんないようでしょ？」

潮美が笑いながらそれに応えた。

浩平が言った通り、実際「磯家」は、何でもアリの店だった。刺身からはじまって、鯵《あじ》の叩き、マグロの漬《づ》け、鰻《うなぎ》の肝焼き、焼きとり、アサリの酒蒸し、モツ煮……と、いかにも居酒屋らしいメニューもふんだんだが、豚カツ、エビフライ、生姜《しょうが》焼き、サバの味噌煮……と、食堂的なメニューもまた豊富だ。オムライスやチャーハンにカレーライスといったご飯ものもある。ライスにパン、どちらかが選べる定食もだ。それどころか、焼きうどんやソース焼きそばのみならず、醬油ラーメンの果てまであった。飲み物も、酒やウーロン茶だけではない。ラムネ、サイダー、オレンジジュース、コーヒー……まさに何でも来いといったところだ。

「わ、アイスコーヒーやアイスティーまであるんだ」メニューを見て窓子が言った。「クリームソーダ……アイスクリームも」

「メニューになくったって、うちは牛乳と言ったら牛乳もでてくるような勢いの店よ」

「すごいですねえ」

同じような台詞をついまた口にする。最初に一緒にランチを食べにいった小洒落た店で、潮美がプレートランチを「選択給食」「用意する店の側としては楽勝」と言った訳だと、窓子は大いに納得した。「磯家」に比べたら、あそこの店などままごとだ。

「あんまり品書き眺《なが》めない方がいいよ。早く酔いがまわるし、下手すると気持ち悪くなるから」モツ煮を箸で口に運びながら、何ということなさそうな口調で言ってから、不意に潮美がくすっと笑った。「浩平なんか、びっくりするより呆れてたな。無国籍屋台村より『磯家』の方が数段すごいって。『鮨《すし》って言ったら、鮨もでてきそうだね』とか言ってて」

「えっ、お鮨までやってるんですか」

「まさか」窓子の言葉に潮美が目を剝いた。「さすがに鮨はやってないわよ。鮨は特別。――あ、でも、稲荷《いなり》ぐらいだったらたまにはあるか。時々太巻きもあったりするな」

「いったい全部で何種類ぐらいの料理があるんですか」

「さあ」潮美はあっさりと首を傾げた。「何せ、カツカレーなんてメニューには載ってないのに、お客さんに言われればでてくるし、カレーに生卵を添えてくれと言われれば、『はいよ』と添えちゃうような店だから。そういえば、目玉焼きはあっても、ハムエッグはなかったはずなのに、今朝、ハムエッグ食べてる人がいたな。ほんといい加減な店だわ」

「今朝……あの、『磯家』って、何時から何時までやってるんですか」

「朝は十時半ぐらい。夜もやっぱりそれぐらいまで。本当は、十一時にはぴたっと店を閉めたいんだけど、そうもいかない晩も多くて」

朝の十時半から夜の十時半までとしても、十二時間労働だ。朝から晩まで、ほぼ一日じゅう仕事をしているということに等しい。それに仕込みや片づけの時間を加えたら、まさにあとは寝るだけ——聞いただけで、窓子は目がまわりそうだった。

「そうね。でも、二時過ぎから夕方ぐらいまでは暇だから。適当に交代したり休みながらやってるわよ。昼寝したりもするし。シーちゃんは夕方から夜にかけて。昼間はパートの人を頼んでる」

「でも、こういうお店が朝十時半からって、ふつうあんまりないんじゃありません？」

土地柄だ、と潮美は言う。このあたりは、市場に勤めている人間、配送、運送の仕事をしている人間……と、夜中から明け方にかけて働いている人間が結構多い。そうなれば、当然仕事の上がりの時刻も早い。「磯家」にも、仕事を終えて朝ご飯を食べにくる人、一杯やりにくる人、いろいろだ。

「えっ。お酒？　朝からですか」

窓子は言った。

「そうよ。うちにくるのは、第二陣、三陣って感じだけど、一番早い人だと、午前五時か六時ぐらいには仕事が終わっちゃうんだもの。一日の時間帯が前にズレているだけの話。朝だけど、仕事上がりの一杯よ」

「そうか……」

「なかにはそうじゃない人もいるけどさ」

近辺には、今は疾《と》うに引退してしまったが、かつてその種の仕事に就いていた年寄りも多い。早起きが癖になっているし、そもそも年寄りは朝が早い。そうすると、午前中のうちにも一日を持て余してしまう。となれば、昔からの習慣で、軽く一杯ということになる。

「からだにはあんまりよくないと思うんだけどさ」

「でも、黙認――」

「まあね。致し方ない面もあると思うし、早い話が、すべては自分持ちってところかな」

「自分持ち？」

「うん。今で言う自己責任。人間、自分の好きなように生きて死ぬしかないもん。――そうだ。明日、昔のやっちゃば、今の足立《あだち》市場にでも行ってみる？　あそこのあたりにも、刺し身、焼きとり、焼き魚あり、お新香あり、揚げ物あり、ご飯もの、定食、味噌汁あり……まあ、うちと似たような飲食店があるわよ。もちろん、酒、ビール、焼酎、ホッピー、お茶、コーヒーありね。そういう店の営業時間なんて、午前五時ぐらいから午後の一時半ぐらいまでだったりするのよ」

「朝の五時から午後の一時半。それもすごい」

その営業時間で、酒、ビール、焼酎ありというのだから、当然朝から飲む訳だ。

「市場で働いている人を当て込んで営業してるから、そういう時間帯になる。その人たちで成り立っている店よ」

「なるほど」

そんなことを話しているうちにも、シーちゃんが、鯵の塩焼きをテーブルに運んできてくれた。

「はい、これ、ユタちゃんが」

「あ、シーちゃん、ありがとう」潮美が言った。「由多加に厨房から声かけてって言っといて。そうしたら、私、自分で取りにいくから」

「うん、わかった。ユタちゃん、今、ネギ塩焼いてるみたいよ」

「了解。じゃあ、もう少ししたら取りにいってみるわ」

鯵の塩焼き——やや小ぶりだが、身が厚く、姿かたちのいい鯵だった。食べてみると、身に脂が乗っていて、しかもふわっと実に柔らかく焼けていた。ほっくりと言うべきかもしれない。外側の皮が何とも香ばしく、塩加減もちょうどよかった。

「外はこんがりなのに、なかはふわふわ。鯵本来の味がする。どうしたら、こんなふうに焼けるんだろう」

「あの子は気が長いから」潮美が言った。「魚を焼くのには適してるのよ」

「魚を焼くには、気が長い人間の方がいいんですか」

「あれ？　だって言わない？」きょとんとした様子で潮美が言った。「餅は貧乏人に焼かせろ、魚は殿様に焼かせろって」

「へえ」

思わず窓子は、今日何度目かになる「へえ」を、気づくとまたぞろ口にしていた。

「ネギ塩、そろそろ焼けた頃かな。私、ちょっと見にいってくるわ。

ついでにお酒も取ってくるね」

潮美がひょいと席を立った。目の前から潮美が消えたので、窓子は何となく後ろを振り返った。すると、最初は食堂かラーメン屋風の簡易なテーブルで、青菜と冷奴、それにチャーシューをつまみに一人でビールを飲んでいた男性客が、今度は新聞を読みながら、ゆったり親子丼を食べていた。脇には味噌汁とお新香、それにお茶。一軒の店で酒からシメまで一人できっちり済ませる客を、窓子は初めて目《ま》の当たりにした。

（ああいうテーブルも必要なんだ）

窓子は思った。あの端っこ近辺の簡易なテーブルなら、たとえ女性一人でご飯を食べにきたとしても、それこそラーメン屋と同じで、誰も何とも思わない。店の人間や、店に来ている客と、会話をする必要もない。食べ終わったら、金を払ってすいと帰ればいい。

「はい。ネギ塩、お待ち」

見ると皿を差しだしながら、潮美がにっこり頬笑んでいた。会社で見るのとは違う、からりと晴れ渡った笑みだった。目の奥底まで見通せそうな笑み——。

「レモン、ぎゅっと搾《しぼ》ってきた。食べてごらん。うちのネギ塩、おいしいよ」

潮美の言葉に偽りはなかった。鶏肉は、やはり外側はカリッと焼けているのに、なかは柔らかくてジューシーだ。甘味と旨味《うまみ》が凝縮されている感じがする。そして、ネギも驚くぐらいに甘かった。

「ほんと、美味しい」

半分声を上げるような調子で窓子は言った。意識してそうした訳ではない。勝手にそうなっていたのだ。

「どうしてだろう？　何だかお塩まで甘く感じられる」

「いいところに気がついたね。実はこれ、塩もおいしいのよ。どう、『磯家』マジック？　ふふ、『磯家』、侮《あなど》るべからずでしょ？」

そう言った潮美の顔はいっそう晴れ渡っていて、楽しげだった。自然と窓子も楽しくなる。

私、リソさん、好きだなあ——ネギ塩を味わいながら、窓子はしみじみと実感していた。

4

途中からは、すっかり店と料理の話になってしまった。

さほど大きくもない一軒の店で、これだけの品数の料理がだせるのも、ひとつには、近くに市場があるからだと潮美は言う。昔のやっちゃば――旧日光街道と日光街道とが交差するあたり、千住大橋《せんじゅおおはし》のそばにある足立市場までは、直線距離で一キロちょっとということだった。

「昔のやっちゃば――」

言葉の響きを確かめようとするみたいに、窓子は声にだして言ってみた。

「うん。元は青果市場だったのよ。やっちゃばっていうのは、『ヤッチャイ、ヤッチャイ！』っていう仲卸《なかおろし》の呼び込み言葉、売り言葉が語源だなんて言うけれど、要は青果市場を指す言葉ね。よくわからないけど、野菜と『いらっしゃい』が一緒になったのかな」

そのやっちゃばが海水産物も扱う総合市場となり、トラックが出入りできる広い土地も必要になったので、もともと個人の仲卸が並んでいた所とは、ほんの少しだが場所もずれた。そこも次第に手狭になり、足立市場は、今は海水産物のみを扱う市場となり、青果市場は足立区入谷《いりや》の北足立市場へと移った。つまり、市場がふたつに分かれた訳だ。

「北足立市場は、荒川を渡る分、ちょっと遠いけど、それでもここから五、六キロってところ。ある程度の野菜や果物、それに調味料なら、足立市場でも手にはいるし。つまや乾物もね。今は足立市場も一時期よりぐんと空《す》いてきたから、うちなんかとしては、本当は足立市場と北足立市場、分かれていない方が便利なんだけど」

「空いてきたって、どうしてですか」

「一時期より景気が悪くなってきたからじゃない？　撤退、廃業する仲卸がふえて、今は最盛期の半分ぐらいになっているかな」

いずれにしても、ふたつの市場が近くにあるから、野菜と魚は、新鮮なものを安く仕入れることができる。当然、種類も豊富だ。残る食肉は、市場こそ近くにないものの、店から五百メートルほどのところに、中規模の卸センターがあるので問題ない。「磯家」が仕入れをしている「食肉卸の中丸《なかまる》」は、工場と倉庫が合体したような作業場を持った卸だという。

「解体、冷蔵、冷凍……みんなそこでやるから勝負が早いのよ。そういう作業場を持った卸だから、豚骨や鶏ガラなんかも安く分けてもらえる」

つまり、必要な食材が近場ですぐに手にはいるので、無駄がでにくい。だからこそ料理の種類も、あれもこれもと派生的に手を広げられる。

「それにしたって、これだけの品数の料理を揃えるって、並み大抵のことじゃないと思いますけど」

窓子は言った。

「そこはそれ、店には店のやり方みたいなものがある訳よ」

「磯家」は勝美の代からだし、伝統と言えば大袈裟になる。それよりは、これまでの経験から得た知恵、工夫とでも言うのがふさわしいかもしれない——潮美は言った。

「もしかして、それが『磯家』マジックですか」

「まあね。マジックっていうのは言い過ぎだけど」

たとえば「磯家」には万能つゆというのがある。万能つゆは、うどんのつゆ、天つゆ、といったつゆにはもちろん、親子丼の具や肉じゃがを煮込んだり、チャーシューを煮込んだり、魚や肉を漬け込んでおいたり……割り方、使い方次第では、和風のものならば何でもいけるというだしつゆだ。ブリの照り焼きなどの焼きダレ、きんぴらなどの炒め煮の味つけ……基本はみんなこの万能つゆだ。万能つゆは、業務用の醤油、みりん、酒、それにだしとなる昆布と鰹《かつお》で、まとめて大量に作っておく。水を使わないのがポイントで、それゆえ大量に作っておいても黴《かび》がでたり傷《いた》んだりすることがない。何より何にでも使える分、消費のスピードが早いから、腐っている暇がない。むろん、それぞれの調味料の比率は決まっている。だからこその万能つゆで、いつ作ったものであれ、味は一定、同じ味だ。したがって、それを使って作る料理の味にもばらつきがでない。常に同じ感覚、同じ量で安心して使える。

塩も、下拵《したごしら》え用、調理用のものと、そのまま素材の味つけとして使うものとは分けている。塩焼きなどに使うのは、ミネラル成分が豊富で、塩自体に旨味がある天然塩だ。素材の味を生かすならば断然こっち——。

「調味料ひとつでいかようにもなるってところかな」潮美は言った。「うちなんか、万能つゆの使い回しで、かなりの料理を賄ってるもの。言ってしまえば、料理全般が使い回しなんだけどね」

たとえばイカ。まずはイカ刺し、イカソウメン、イカ納豆、イカの塩辛。それにイカ焼き、ゲソ焼き、鉄砲焼き。茹《ゆ》でイカの和え物、マリネ、イカと大根の煮物、果てはゲソ揚げ、イカリング……鮮度や種類、状態によって、料理を作り分ける。そうすれば、イカひとつで十やそこらの料理は楽にできる。逆にひとつの素材をいくつもの料理に仕立てた方が無駄がない。だから、おのずと品数もふえていく。

「そもそもが、一般家庭とは違うのよ」潮美は言った。「業務用の大きな冷蔵庫や冷凍庫にしてもそうだけど、厨房では、炭火も熾《お》こしていれば揚げ油もだいたいいつも同じような温度で熱されてる。ある程度の下拵えと仕込みがしてあったら、後は焼くだけ、揚げるだけ。案外ルーティンの流れ作業だったりするのよ」

食品の保存と言えば、冷蔵、冷凍と、冷やして鮮度を保つ方法か、反対に火を入れることで腐るのを防ぐ方法が、今は一般的だろう。が、「磯家」では、塩干《えんかん》という保存方法もアリだという。塩干――昔ながらの塩蔵、それに干物、乾物にする方法だ。

聞いていて、窓子は、ｗａｘの独食会を覗くよりも、こっちの方がずっと参考になるし面白いと思った。もちろん、あちらは一人きりの食事、こちらは大勢の客を相手にした商売と、土俵そのものがまるで異なる。したがって、いかに窓子が「磯家」のやり方を真似したくても、そこには当然無理がある。それでも、万能つゆの比率と作り方は、ぜひ知りたいものだった。

窓子に問われるままに、店や料理のことをああだこうだと話しながらも、潮美は酒だ、料理だと、立ったり坐《すわ》ったり、飲んだり食べたりと忙しい。やはりこの人はエネルギーがあるのだと、見ていて窓子は改めて確信した。テーブルの上にも、焼きそら豆、揚げナスの煮浸し、アスパラのベーコン巻き、桜海老のかき揚げ……賑やかに料理が並ぶ。目だけでお腹いっぱいになりそうだった。

「あ、ばあちゃんだ」

その声に、潮美の顔を見る。潮美の目と顔は、厨房の方に向けられていた。つられるように、窓子も厨房を見る。

厨房に、白髪に近い薄い茶色の髪をした、少し背中の丸まった老女の姿があった。背中が丸い分、そう背は高くない感じだし、大柄ということもない。けれども、骨格がしっかりとしていて肩幅も広く、遠目にも頑健そうな感じのする老女だった。

「でてきたよ」

笑いながら潮美が言った。苦笑に近い半笑い——それでいて、温かみのある目をしていた。

「あれがうちのばあちゃん、登志さんよ」

「おばあちゃま、たしか九十三っておっしゃいましたよね。なのにまだお店にでてらっしゃるんですか」

本心びっくりして窓子は尋ねた。しかも、今は昼ではなく夜だ。夜の八時ちょっと過ぎ。ふつう、九十過ぎた人間が店にでてくる時刻ではないだろう。

「決まった時刻じゃない、日によってまちまち。自分のいい時にぬうっと姿を現す。ああなると、まるで妖怪《ようかい》だね。もののけ姫」ちょっと面白がるような笑みを浮かべた顔を、厨房に向けたまま潮美が言う。

「漬物は、ばあちゃんの領分なのよ。だから、ああやって、漬物の塩梅《あんばい》を見に厨房に降りてくる」

「磯家」の糠漬《ぬかづ》け、塩漬け、味噌漬け、酢漬け、甘酢漬け……それら漬物の類は、いまもって登志の領分なのだという。魚や肉の味噌漬けもだ。これも、塩蔵の一種と言えばそう言える。

「すごいですね。——あ、ほんとだ。おばあちゃま、樽《たる》を覗いてる」

感心してぼうっと眺めているうち、間に若干の距離は挟んでいたものの、登志とふと目が合ったような気がした。登志は自分に注がれている誰かの視線を、肌で感じたのかもしれない。その瞬間、窓子は何だかどきりとした。

九十三歳の老婆と侮ってはいけない。相手は「鬼女」とも言われる潮美の祖母、「磯家」の主人、勝美の実母、有磯家と「磯家」の長老だ。さすがに視線が鋭く、そこらの老女とは迫力が違った。登志は、頬骨が高く、額が秀でていて、顔立ちがはっきりとしている。女顔ではなく男顔だ。窓子の脳裏に、「女丈夫《じょじょうぶ》」という言葉が自然と浮かんだ。

そのうち、登志がお盆に中鉢と小鉢の両方を乗せて、こちらに向かってやってきた。

「ああ、ばあちゃん。この人、うちの会社のザミちゃん。今日、私、ザミちゃんと由多加の家に泊まる。だから、由多加にはうちで寝てもらうね」

潮美が登志に向かって言う。登志はそれには応えず、キュウリとカブの糠漬け、それにミョウガの甘酢漬けがはいった鉢を、黙ってテーブルの上に置いた。その登志の目は、窓子の顔の上に据えられていた。愛想はない。狷介《けんかい》とも言えるような目つき、顔つきだった。また窓子の心臓がどきどきする。

「ザミちゃん？……」愛想のない顔のまま、登志がぼそりと言った。

「変な名前だねえ。ザミちゃんって、この人、アザミって名前なの？」

視線は窓子に据えられたままだが、どうやら潮美に向かって言っているらしかった。

「いや、違うよ。苗字が風見だからザミちゃん。名前は窓子——風見窓子さん」

潮美が言うと、登志は面白くなさそうに眉を寄せた。

「窓子——だったら、窓ちゃんだろうに。なのに、何だよ、ザミちゃんって。あんたはいつだって、人に変な名前をつける」

「ザミちゃん——変かなあ。まあ、べつに窓ちゃんでもいいんだけど」

潮美が糠漬けを指でつまみながら、半分よそを向いて登志に言った。

「でも、窓子っていうのもおかしな名前だねえ」

そう言うと、登志は不意に「ははっ」と破顔し、おまけにいきなり潮美の隣に腰を下ろした。窓子は、最初に「あ、こんばんは。どうもはじめまして……」と言うのがせいぜいで、後は口を噤《つぐ》んで事態を見守るのみとなった。何せ登志は「磯家」の長老、しんがりだ。その人を相手に、余所者《よそもの》、若輩者の自分が何を言ったらいいのか、さっぱり思いつかなかったのだ。

「今日さ、また健太が来たんだよ」窓子には一切頓着《とんちゃく》せず、登志がかたわらの潮美に向かって話しだした。「由多加に小遣いせびりに。それしか目的はないんだから」

「え？　また？」

潮美は不快そうに眉を顰めた。

「わかってるのに、由多加ったら健太に小遣いくれてやって」

「いくら？」

「たぶん五千円。一万円まではやらなかったと思うけど」

「馬鹿だね、あいつは」

「馬鹿もいいところだよ。人が好いのもたいがいにしないと。それにしても、健太は、ほんと知花の子供だよ。血は争えないとはよく言ったもんだ。何しろあの歳で人を見るし、人の顔色を見るからね。そのうえでつけ込んでくる。かわいくないったらありゃしない。あれはろくなものにならないね」

「ま、知花の子供だからね」

「そうそう。知花の子供だもの」

「でもさ、由多加も悪いんだよ。縁が切れたのに、いつまでも甘い顔をするから。だから健太にまでなめられるんだ」

「そうなんだよ。ほんと、あいつはヘチマなんだよ。知花はよその男の女房だし、健太だって紙の上じゃ、今はその男の子供なんだから」

「もともとがよその男の子供で、今もよその男の子供っていうんじゃ、可愛がったところで甲斐がないよね」

「そうだよ。そんな子に、五千円とはいえ小遣いやったところで甲斐がない」

………

茶の間でのやりとりが、完全に店まではみ出してきている状態だった。それもかなり濃いめの身内話だ。けれども、登志も潮美もまるでお構いなしだった。今は縁が切れた知花子や健太への不満が話の中心にあるとはいえ、厨房で汗を流して働いている孫息子、弟のことを、二人して平気で馬鹿だ、ヘチマだ、と腐している。窓子は表面何でもなさそうな顔を装いながらも、内心呆っ気に取られていた。基久や満喜子なら、たとえ親戚の話でも、「身内の話はよそでするもんじゃない」と目をつり上げることだろう。

登志は、言うだけ言うと気が済んだとみえ、不意にするっと滑り降りるように席を立ち、厨房へと足を向けた。そのまま戻るのかと思いきや、くるっと振り返って窓子に言った。

「あ、あんた――」

最初と同じく、愛想も何もない顔だった。窓子は登志に睨みつけられた気すらした。

「あ、はい」

だからだろうか、返事をした瞬間、おのずと背筋が伸びていた。

「やっぱり、ザミちゃんより窓ちゃんの方がいいよ。その方がかわいくてさ。窓子——ま、変わっちゃいるけど、悪い名前じゃない」

「あ、どうも……」

窓子は、いっぺんに肩とからだの力が脱《ぬ》けたようになった。

終戦直後の混乱期、登志は闇市《やみいち》のようなところで、一杯いくらですいとんや雑炊を売り歩いたりしていたという。魚売りだったという夫の松男《まつお》とともに、「磯家」の礎《いしずえ》を築いた人間だ。そうした歴史とともに九十三年もの長きを生きてくれば、もはや怖いものなしといったところなのだろう。とりわけ性格、性分がきつい訳でもなければ、窓子のような余所者、新参者を敵視している訳でもないらしい。自分は自分としてあるがまま、人に愛嬌《あいきょう》をふりまくことなどもう頭にない。そういうことのようだった。

「あの人は言ったまんま」潮美も言った。「だからわかりやすくていい」

「磯家」、侮るべからず——最初に潮美が言ったのとはまた違った意味で、つくづく窓子は思っていた。

5

その晩、残念ながら潮美の運命の人、多田慎太郎とは会い損なった。

「慎ちゃん、仕事で名古屋だか大阪だかに行くって言ってたよ。明日か……まあ明後日《あさって》の晩ぐらいには帰ってくるんじゃないの」

途中で再びテーブルにやってきた寧子が、ほんわりとした口調で潮美に言った。よく見ると、寧子は眼鏡をかけていた。寧子というのは、眼鏡をかけているのに、眼鏡をかけていないような印象の人だ。

「名古屋だか大阪だかだって」寧子が厨房に引っ込むと、潮美は窓子に囁くように言った。「アバウトだよね、うちのお袋さん。名古屋なら中部・東海、大阪なら近畿・関西――べつの地域なのに、あの人のなかでは一緒くた。明日も明後日も一緒くた」

だから、シーちゃんあっての「磯家」なのだと潮美は言う。寧子に任せておくと、会計にも漏れがでる。伝票とレジが合わなくて苦労する……はずなのだが、それも寧子は適当に合わせてしまう。そこがまた恐ろしい。

「あの人は仕事が終わってからも、お煎餅だかスナック菓子だか、一人でポリポリポリポリポリ食べてるよ。だから痩せない」

呆れ顔を作って潮美は言ったが、いいキャラクターだし、家族としても店のスタメンとしても、いい取り合わせだと窓子は思った。言わば緩衝材《かんしょうざい》だ。もしも「磯家」の人たちが、みんな潮美や登志、それに勝美のような人間ばかりだったら、一悶着《ひともんちゃく》あった時、容易に収まりがつかないだろう。たしかにチャキチャキの江戸っ子というのは接していて気持ちがいい。言いたいことをはっきり言うし、肚《はら》に残さない分さっぱりとしている。だが、全員がそれではたぶんうまくいかない。

「ヨーイ、ドン！」で一斉に走りだしたら止まらないからだ。なかには「まあまあ」「なあなあ」のチャキチャキではない江戸っ子も必要なのではないか。それでバランスが取れる。寧子だけではない。「磯家」にはもう一人緩衝材がいる。由多加だ。

「あ。まだ由多加を紹介していなかったね。今、ちょっと呼んでくるわ」

「磯家」の賑わいも一段落して、空気に緩みが生じた頃、潮美が由多加を呼びに立った。

店からも、厨房のなかは見えていた。だから、後ろ姿と横顔がほとんどだったものの、あれが由多加だろうと、窓子も察しがついていた。忙しげに調理に当たっているが、丸みを帯びた背中をしているせいか、彼が発する空気は穏やかだった。

「ザミちゃん、これが弟の由多加。一応『磯家』の二代目」

由多加を引っ張ってきて潮美が言った。思っていた通り、それが由多加だった。

「こっちは、うちの会社のザミちゃん。風見窓子さん。ああ、私とザミちゃん、今日明日は、あんたんちに泊まるから」

「はじめまして、風見です」窓子は言った。「すみません、お宅を占領するみたいになってしまって」

「あ、いや。どうも。いつも姉貴がお世話になっています」

はにかんだような笑みを浮かべて言うと、由多加は被《かぶ》っていた白い木綿の帽子を取って、窓子にぺこりと頭を下げた。因《ちな》みに、勝美や由多加たちが着ているのは和白衣、由多加が被っているような帽子は和帽子と言うらしい。

ほぼ中肉中背――背丈は百七十センチちょうどぐらいではないか。いざ並んでみると潮美より背が高いが、印象としては潮美の方が大きく感じられる。潮美はすらりとした体型をしているし、上に向かって尖っているとでも言ったらいいか、独特の勢いがあるので大きく見える。一方、由多加は、どちらかと言うと丸顔で、からだ全体がなだらかだ。決して太ってはいないのだが、薄い脂肪の膜を一枚纏《まと》っているような柔らかさがあるし、肌も白い。男としては、こぢんまりと小さく丸くまとまっている感じがする。髪を短く刈った頭も丸かった。

（ああ、この人は、やっぱりリソさん系統じゃなくて、完全にお母さ

ん系統だ）

間近で顔を見るなり窓子は思った。勝美や登志とは違って、目つきにも鋭いところはまるでなく、目の色も温和なら、表情もいたって柔和だ。潮美が男顔なのに対して、由多加は女顔——もしもそれぞれ逆だったらどうだったろうと、想像してみたくなるようだった。

「そうだ、由多加。今日、健太がまた小遣いせびりにやってきたんだって？　ばあちゃん、怒ってたよ。知らん顔して追い返せばいいものを、あんたが健太に小遣いやったりなんかするもんだから」

窓子に紹介するために、厨房から店に連れてきたはずだった。にもかかわらず、潮美は由多加を窓子に紹介するかしないかのうち、早くも説教をはじめていた。

「別れて何年経つ？　知花は後足で砂かけて出ていったようなものじゃない。なのに、あんたはまだ……。いい面の皮だよ。知花や健太に関わるのは、もういい加減やめてくれない？　こっちがイライラする」

何せニチカでは有磯ならぬ「荒磯」、一度火を噴いたらその機関銃攻撃はとどまるところを知らず、男性社員も撃沈させる。潮美は、泣く子どころか専務をも黙らせる。

だが、それは会社という場での体面あってのことなのかもしれなかった。恥の観念が働くから、みなぺしゃんこになる。一方、由多加にはそれがない。ひとつには、慣れているということもあるのだろう。見ていると、由多加は受け流すというほどではないものの、どちらかと言うとおとなしく嵐が過ぎ去るのを待っているような風情だった。少なくとも、潮美に攻撃されて潰《つぶ》れてはいない。果てに由多加は、口のなかで呟いた。

「子供には、罪がないからさ」

「へえ、言いますねえ」由多加の呟きを、逃さず捕らえて潮美が言った。「だったら、なおさらいつまでも小遣いやったりするのはやめなさいよ。その子供のためにならないから。子供に今から人に金をせびることを覚えさせてどうするの？」

「健太はそういう子供じゃないよ。健太のことなら、ばあちゃんや姉貴より俺の方がよく知ってる」

「話にならない」言葉を放り投げるように潮美が言った。「とにかく、ばあちゃんも私も、親父さんもお袋さんも、あんたが知花や健太と関わり続けると、みんないやな気持ちになるの。そこは覚えておいてよね。うちにとっちゃあの母子は、なかば仇《かたき》みたいなもんなんだから」

「わかったよ。よくわかった」

潮美にそう言うと、由多加はもう一度控えめな笑顔を窓子に向けて、軽く頭を下げてから、帽子を被り直して厨房に戻っていった。ちょっと照れのようなものを感じさせる、人の好さそうな笑みだった。

「あの湯たんぽ、すっとこどっこいが」

忌ま忌ましげに潮美が低声で吐き捨てた。すっとこどっこいというのは何となくわかるが、湯たんぽというのがわからない。

窓子が尋ねると、ちょっと目を見開いてから、潮美が頷いた。

「ああ、綽名《あだな》よ」

「綽名？」

「由多加だから湯たんぽ。ぬるくて中身は実のところ空っぽっていうのも、由多加にぴったり」

「その綽名、もしかしてリソさんがつけたんですか」

「そうよ」

潮美は平然と頷いたが、登志が「ザミちゃん」と聞いた時、「あんたはいつだって、人に変な名前をつける」と潮美に言った訳が、今わかった気がした。何しろ自分の弟に「湯たんぽ」だ。当意即妙のネーミングかもしれないが、子供の頃、潮美にとんでもない綽名をつけられて、陰で泣いていた子供がいるのではあるまいか。そんな想像が容易につく。そう言えば、登志のことも、平気で「まるで妖怪だね。もののけ姫」と言っていた。

「でも、由多加さんって、結構大物って感じがする」窓子は言った。

「リツさんにがんがんやられても、泰然としてましたもの」

「何が大物だか。叱《しか》られ慣れしてるだけよ。あの子は、まずはばあちゃんにがんがんやられたクチだから。そこが厄介。こうなると、もう暖簾《のれん》に腕押し。あの『わかったよ』も、いったい何回聞いたことか」

「そうなんですか」

「そう。『わかったよ』って言いながら、何も変えない、変わらない。あれでいて、あいつは案外頑固なのよ。知花と結婚するって言いだした時も、家中みんなで反対したのに聞きやしない。由多加って、テコでも動かないようなところがあるのよね。だから地蔵」

地蔵――たしかに、見た目といい、穏便な性格といい、これまた絶妙なネーミングだ。ただし、絶妙な分、言われた側にしてみれば痛かったりする。

「由多加さん、知花子さんのこと好きだったし、今もまだ好きなんじゃないですか」

「ない、ない」窓子の言葉に、潮美はにべもなく首を横に振った。

「それはない」

「どうしてそう言い切れるんですか」

「見てたからとしか言いようがないけど……。とにかく、由多加は健太のことがかわいくて仕方がなかったのよ。健太とセットだから、知花と結婚したいと思ったし結婚した。でも、その生活を壊したのも知花だから、由多加も知花には懲りている。そもそもあの子は、あの手の女を好きになる子じゃなかった」

「知花子さんって、どういう人なんですか。やっぱりきれいな人なんですか」

「いや、べつに」

潮美は、面白くなさそうな顔をちょっと傾げるような仕種を見せた。

潮美に言わせれば、知花子はとりたてて美人でもなければ派手で華やかな女でもないという。グラマスな肉感派ということもない。ただ、男の気を惹《ひ》く術《すべ》は心得ている。女の目からはよくわからないが、どうやら男好きするタイプではあるらしい。だから、男が切れない。

「ばあちゃんも言ってたけど、相手の顔色見て取り入ったり阿ったり……男を相手にするのは得意なのよ。よくいるじゃない、男がいるととたんに口調や態度が変わる女。その典型」

潮美の言葉で、窓子の脳裏にも何人かの友人や同僚の顔が浮かんだ。だが、そういう男の気を惹くのが上手な女だからこそ、由多加も知花子に心奪われてしまったということもあるのではないか。

けれども、潮美は再びきっぱりと首を横に振った。

「有磯家の人間に共通しているのは、相手によって態度を変える人間は嫌いっていうこと。由多加もそうよ。素直を通り越して単純ぐらいの人の方が好きね。知花だけが例外。だから、あれは間違いだったたって私は言うのよ」指でカブの糠漬けをつまみながら、潮美が言った。

「だいたい、そこに男がいるかいないかでころりと態度を激変させる女って、人間として信用ならないと思わない？　私は嫌いだな。そういう女は大嫌い」

「でも」窓子も潮美に倣って、カブを指でつまみながら言った。「天然の媚《こび》っていうのもあるかもしれないし」

「天然の媚？　これまたずいぶん高尚にきましたね、風見初段」

何の初段なんだろうとは思ったが、頓着せずに窓子は続けた。

「本人、べつに意識していないのに、勝手にスイッチがはいったみたいに、自然とそうなっちゃう人っているみたいですよ。天然の媚っていうのが言い過ぎだとすると……本能かな」

「本能ねえ」

潮美は納得も感心もしていない様子だった。

「あ。リソさんだって、浩平さんといる時は違いますよ。まるで牡丹《ぼたん》の花が開いたみたいに女力全開」

「え？　私？」

ぽかんとしたように、潮美が窓子の顔を見た。

「ええ」

「ああ、それは――」

そこで一拍間があった後、いきなり潮美が弾けるように笑いだした。

本当におかしくてしょうがないといった様子で、げらげら笑っている。

ひょっとして失言だったかとも思ったが、少なくとも潮美は怒っていないし、気を悪くもしていない。そのことに安堵する。

「言うね、ザミちゃん。ほんと、言ってくれますね」

笑いの余韻をたっぷり含んだ声と口調で潮美が言った。まだ半分は笑いが治まってないようだった。

「本能か。いやだなあ。もしかして、最後にひと花の本能だったりして」

自分で言って、潮美はまたげらげらと笑いだした。つられたようになって、窓子も一緒に声を立てて笑う。さしておかしいことはない。だが、こうなると笑いが笑いを誘うようで、二人とも容易に笑いが治まらない。

楽しい晩だ。この人といるとどうして楽しいんだろう――またしても窓子は心で思いながら、しばらくの間笑い続けていた。

『夏はざま』
JASRAC　出1610000-601

本書は、株式会社実業之日本社のご厚意により、実業之日本社文庫『家族トランプ』を底本としました。但し、頁数の都合により、上巻・下巻の二分冊といたしました。

家族トランプ　上

（大活字本シリーズ）

2016年12月10日発行（限定部数500部）

底　本　実業之日本社文庫『家族トランプ』

定　価　（本体3,000円＋税）

著　者　明野　照葉

発行者　並木　則康

発行所　社会福祉法人 埼玉福祉会

埼玉県新座市堀ノ内3―7―31　〒352―0023

電話　048―481―2181

振替　00160―3―24404

印刷製本所　社会福祉法人 埼玉福祉会 印刷事業部

ISBN 978-4-86596-115-7

大活字本シリーズ発刊の趣意

現在，全国で65才以上の高齢者は1，240万人にも及び，我が国も先進諸国なみに高齢化社会になってまいりました。これらの人々は，多かれ少なかれ視力が衰えてきております。また一方，視力障害者のうちの約半数は弱視障害者で，18万人を数えますが，全盲と弱視の割合は，医学の進歩によって弱視者が増える傾向にあると言われております。

私どもの社会生活は，職業上も，文化生活上も，活字を除外しては考えられません。拡大鏡や拡大テレビなどを使用しても，眼の疲労は早く，活字が大きいことが一番望まれています。しかしながら，大きな活字で組みますと，ページ数が増大し，かつ販売部数がそれほどまとまらないので，いきおいコスト高となってしまうために，どこの出版社でも発行に踏み切れないのが実態であります。

埼玉福祉会は，老人や弱視者に少しでも読み易い大活字本を提供することを念願とし，身体障害者の働く工場を母胎として，製作し発行することに踏み切りました。

何卒，強力なご支援をいただき，図書館・盲学校・弱視学級のある学校・福祉センター・老人ホーム・病院等々に広く普及し，多くの人人に利用されることを切望してやみません。